जीतने की जिद

जीतने की जिद

(Law of Attraction से कामयाबी पाएँ)

जैक कैनफील्ड

प्रकाशक
प्रभात प्रकाशन प्रा. लि.
4/19 आसफ अली रोड, नई दिल्ली–110002
फोन : 011–23289777 • हेल्पलाइन नं. : 7827007777
इ–मेल : prabhatbooks@gmail.com ❖ वेब ठिकाना : www.prabhatbooks.com

संस्करण
2025

अनुवाद
मीना सिंह

पेपरबैक मूल्य
तीन सौ पचास रुपए

मुद्रक
नरुला प्रिंटर्स, दिल्ली

★

JEETNE KI ZID
by Jack Canfield
(Hindi translation of 'LAW OF ATTRACTION')

Published by **PRABHAT PRAKASHAN PVT. LTD.**
4/19 Asaf Ali Road, New Delhi-110002
by arrangement with Client Company Health Communications, Canada

ISBN 978-93-90378-02-9

₹ 350.00 (PB)

प्रस्तावना

कहा जाता है कि जब छात्र तैयार होता है, तब शिक्षक स्वत: ही प्रकट हो जाते हैं। अगर आप यह पुस्तक पढ़ रहे हैं तो आप निश्चित तौर पर अपना व्यक्तिगत विकास करने की दिशा में कदम उठाने को तैयार हैं। आप अपने जीवन में जो कुछ चाहते हैं, उसे बनाने और प्राप्त करने के लिए आप सोच-समझकर शुरुआत करने को तैयार हैं। आकर्षण के सिद्धांत के साथ सोच-समझकर और उद्देश्यपूर्ण ढंग से काम करके आप कम मेहनत में और आनंद के साथ बिल्कुल वही सृजित कर सकते हैं, जो आप चाहते हैं।

बहुत से लोग अब आकर्षण के सिद्धांत को एक रहस्य बताते हैं; लेकिन यह न तो कोई नया विचार है और न ही कोई हाल की खोज। यह सदियों से युगों-युगों की महान् शिक्षा का अभिन्न अंग रहा है। मैं पिछले तीस वर्षों से अधिक समय से अन्य बातों के साथ ही इस सिद्धांत के बारे में लोगों को शिक्षित कर रहा हूँ। डी.वी.डी. फिल्म 'द सीक्रेट' के रिलीज होने से और बहुत से शिक्षकों (मेरे सहित) के 'ओपरा', 'लैरी किंग लाइव', 'द टुडे शो', 'मोंटेल', 'द एलेन डीजेनरेस शो' और 'नाइट लाइन' जैसी फिल्मों में सामने आने से आकर्षण के सिद्धांत के प्रति जागरूकता अब मुख्यधारा की संस्कृति का हिस्सा बन चुकी है।

अंतत: हम यह बात समझ रहे हैं कि हम सब अपने जीवन के

निर्माण में भागीदारी कर रहे हैं और हम जिस दुनिया में रह रहे हैं, उसकी हालत के लिए हम सभी जिम्मेदार हैं। हम इस बात को समझने लगे हैं कि अगर हम बाहरी स्तर पर परिवर्तन चाहते हैं तो हमें साथ ही अपने अंदरूनी परिवर्तन के लिए भी तैयार रहना चाहिए। एक परिवर्तन आ रहा है, हमारी जागरूकता में परिवर्तन आ रहा है। यह परिवर्तन हवाओं में है, वायु तरंगों में है और हम इसे अपनी अंतरात्मा की गहराइयों से महसूस कर रहे हैं। ऐसा लगता है कि हम सबके अंदर सीधे-सादे, अधिक खुशहाल स्थान और समय में लौट जाने की एक समान इच्छा है और हमको अपने अंतर्मन में यह पता है कि हम जैसा जीवन जी रहे हैं, जीवन में उससे कहीं अधिक कुछ है। हम जानते हैं कि अधिक संतुष्टि संभव है और हम उसके लिए तैयार हैं। हम ऐसे बिंदु पर पहुँच गए हैं, जहाँ हम अपने आध्यात्मिक विकास के लगभग चरम बिंदु पर हैं और हम एक-दूसरे से अपने संपर्क, अपने उद्देश्य और अपने को समझने की चाह रखते हैं। हम आम इनसान के नाते अपने अंदर झाँककर देख रहे हैं, अपनी प्राथमिकताओं और परिस्थितियों पर सवाल उठा रहे हैं तथा अपने जीवन के गहन अर्थ की तलाश कर रहे हैं।

मुझे उम्मीद है कि इस पुस्तक के जरिए और इस बात की बेहतर समझ से कि आकर्षण का सिद्धांत आपके जीवन में किस तरह काम करता है, आपमें अपने बारे में एक बेहतर समझ पैदा होगी, इस बात का एहसास होगा कि वास्तव में आप कौन हैं और आप यहाँ क्यों हैं! यह सामान्य गाइड आपके लिए कुंजी होगी। यह पुस्तक आप जैसा भविष्य चाहते हैं, उसके लिए द्वार खोल सकती है और आपको ऐसे रास्ते पर ले जा सकती है, जिसमें अधिक आनंद, संपन्नता एवं प्रचुरता होगी। मेरा उद्‌देश्य है कि जब आप यह पुस्तक पढ़ें तो आपके अंदर प्रेरणा जगे और आपको यह समझ आए कि आप वैसा ही जीवन जी सकते हैं, जैसा आप चाहते हैं और आप इन पृष्ठों में बताए गए मौलिक उपकरणों, रणनीतियों

एवं धारणाओं का उपयोग कर और सशक्त हो सकते हैं।

यह पुस्तक किसी कारण से आपके हाथों में है। आप अभी से एक ऐसा जीवन जीना शुरू कर सकते हैं, जिसमें सचमुच जागरूकता हो—जो उद्देश्य से भरा और अर्थपूर्ण हो। आज से आप अपने भीतर की सच्चाई और ज्ञान से दोबारा जुड़ने का काम शुरू कर सकते हैं। आप अपने अंतर्ज्ञान पर भरोसा करना सीख सकते हैं, अपनी जागरूकता बढ़ा सकते हैं और अपनी भावनाओं का सम्मान कर सकते हैं। चीजों के प्राकृतिक क्रम पर भरोसा करके और अपने आप से उच्च शक्ति पर विश्वास करके आप आगे बढ़ना सीख सकते हैं और ऐसे स्थान पर रह सकते हैं, जो सच्चे विश्वास, कृतज्ञता और आनंद से परिपूर्ण हो। जैसे ही आप ये परिवर्तन करते हैं, आप अपने आसपास के चमत्कारों के बारे में जागरूक होने लगते हैं और आपके जीवन में इस तरह से घटनाएँ घटने लगती हैं, जो जादुई और गूढ़ लगती हैं।

याद रखें, आप लोग ईश्वर सहित इस ब्रह्मांड में हर एक से और हर चीज से अभिन्न रूप से जुड़े हुए हैं। आप हमेशा से जुड़े रहे हैं। यह ब्रह्मांड आपके हर विचार, भावनाओं और कार्यों पर किसी भी समय स्वतः प्रतिक्रिया देता है। इसके पास कोई विकल्प नहीं है; चीजें इसी तरह काम करती हैं। यह शीशे की तरह काम करता है, जो आपकी हर उस ऊर्जा को प्रतिबिंबित करता है, जो आप पैदा करते हैं। ब्रह्मांड में आप जो भी विचार और ऊर्जा छोड़ते हैं, वह हमेशा किसी-न-किसी रूप में आपके पास लौटकर आती है—उन चीजों और अनुभवों के रूप में, जो उन विचारों और ऊर्जा से मेल खाती है। यह आपके जीवन के कार्यक्षेत्र में आकर्षण का सिद्धांत है। यह कुशलता से बने इस ब्रह्मांड के कार्यशील रहने का बिल्कुल सटीक उदाहरण है, एक अडिग सार्वभौमिक कानून है। आकर्षण का सिद्धांत संयोग, आकस्मिक लाभ और प्रार्थना की शक्ति की वैज्ञानिक व्याख्या है।

यह जानने के बाद यदि आप अपने जीवन में बड़ी खुशी और संतुष्टि चाहते हैं तो आपको ब्रह्मांड के प्राकृतिक नियमों और आकर्षण के सिद्धांत से तालमेल बिठाकर जीवन जीना शुरू करना होगा। आपको रहने के लिए ऐसे स्थान का चयन करना होगा, जहाँ आभार, अधिक शांति और उच्च कोटि की चेतना हो। आपको आनंद लेना सीखना होगा। वह कीजिए, जो आप करना चाहते हैं और अपने जीवन में आनंद के लिए समय निकालिए। खुश होना आपका जन्मसिद्ध अधिकार है और यह आपका दायित्व है कि आप प्रकृति की देन के माध्यम से और अपनी प्रतिभा के बल पर अपने को इस तरह अभिव्यक्त करें, जिससे आपको आनंद मिले। ऐसा करके आप इस विश्व में, जहाँ आप रह रहे हैं, अपना आवश्यक योगदान दे सकेंगे।

ऐसे विश्व की परिकल्पना कीजिए, जहाँ हम सब इस तरह से रह रहे हैं। ऐसा विश्व, जहाँ हम सब अपने विचारों, अपने कार्यों एवं उनके परिणामों की पूरी जिम्मेदारी लेते हैं और अधिक अनुरागशील, दानी, उदार और कृतज्ञ होते हैं। आकर्षण के सिद्धांत के जरिए इन सब चीजों का स्वाभाविक परिणाम होगा—लगातार बढ़ता आनंद और प्रचुरता। जब हम अधिक प्रसन्न, अधिक कृतज्ञ व्यक्ति होंगे, तब विश्व में जो कुछ भी अच्छा है, हम उसके अनुरूप बन जाते हैं और हम पूरे ग्रह की ऊर्जा के स्वरूप को बदलने लगते हैं।

यह वास्तविक सफलता की कुंजी है।

यह आकर्षण के सिद्धांत को जीवन में उतारने की कुंजी है।

आपकी यात्रा यहीं से, बिल्कुल अभी से शुरू होती है। अपने को अधिकार-संपन्न कीजिए। इस कुंजी का उपयोग कीजिए, द्वार खोलिए और यह सीधा-सादा रास्ता अपनाइए, जो मैं आपको बता रहा हूँ।

इस मार्ग के हर कदम पर मैं आपका पथ-प्रदर्शन करूँगा। आकर्षण के सिद्धांत को सचेत होकर, सोच-समझकर जीवन में उतारने से आपका

जीवन ही बदल जाएगा और आप विश्व समुदाय में जिस तरह भागीदारी करते हैं, वह तरीका ही बदल जाएगा। आप अपने सोच-विचार का तरीका बदल सकते हैं, आप अपने जीवन जीने का तरीका बदल सकते हैं और आप इस विश्व को परिवर्तित कर सकते हैं। ऐसा जीवन जीना शुरू करें, जिसके लिए आप बने हैं। आप यहाँ किसी कारण से हैं और आप जो योगदान देंगे, विश्व को उसकी जरूरत है।

आप जैसा भविष्य चाहते हैं, उसकी परिकल्पना करें।

आप जैसा जीवन जीने का सपना देखते हैं, उस तरह का जीवन जिएँ।

इसे देखिए, इसकी अनुभूति कीजिए, इस पर विश्वास कीजिए।

अनुक्रम

प्रस्तावना *5*

1. आकर्षण का सिद्धांत 15
2. आप क्या हैं ? 20
3. आप कौन हैं ? 24
4. भावनाएँ 34
5. सकारात्मकता पर ध्यान केंद्रित करें 44
6. प्रचुरता 50
7. उद्देश्य और जुनून 55
8. अपने सपनों को परिभाषित करें 68
9. आकर्षण के सिद्धांत को जीना 106
10. दृढ़ निश्चय 109
11. परिकल्पना 121
12. दृष्टिकोण 135
13. प्रार्थना और ध्यान 145
14. कार्य 151
15. विश्वास 158

उस शक्ति पर विश्वास करना,
जो ब्रह्मांड को गतिशील करती है, आस्था है।
आस्था अंधी नहीं होती, यह स्वप्नद्रष्टा होती है।
आस्था यह विश्वास है कि ब्रह्मांड
हमारे पक्ष में है और ब्रह्मांड को
पता है कि वह क्या कर रहा है।

—अज्ञात लेखक

1

आकर्षण का सिद्धांत

आकर्षण के सिद्धांत को समझना ही अपने सपनों के अनुरूप जीवन जीने का आधार है। आकर्षण का सिद्धांत इस ब्रह्मांड का सबसे शक्तिशाली नियम है। गुरुत्वाकर्षण की तरह ही यह हमेशा प्रभावी है, कार्यशील है। यह इस क्षण भी आपके जीवन में सक्रिय है।

सरल शब्दों में, आकर्षण का सिद्धांत कहता है कि आप जिस पर ध्यान केंद्रित करेंगे, अपने जीवन में उसे ही आकर्षित करेंगे। जिस पर आप अपनी ऊर्जा लगाएँगे और जिस पर ध्यान केंद्रित करेंगे, वही आपके पास वापस लौटकर आएगा। इसलिए, अगर आप अपने जीवन में अच्छी और सकारात्मक चीजों पर ध्यान केंद्रित करते हैं तो आप स्वत: ही अपने जीवन में अधिक अच्छी और सकारात्मक चीजों को आकर्षित करेंगे। यदि आप कमियों और नकारात्मकता पर ही ध्यान टिकाए रखेंगे, तो वही लौटकर आपके जीवन में आएगा।

आप वही हैं, जो कुछ
आप पूरे दिन सोचते रहते हैं।
—डॉ. रॉबर्ट शुलर

आप हमेशा सृजन के चरण में होते हैं। आप हमेशा रहे हैं। आप हर

दिन के हर क्षण में अपनी वास्तविकता का सृजन कर रहे हैं। अपनी हर सोच के साथ आप अपने भविष्य का निर्माण कर रहे हैं—या तो चेतन में या अवचेतन में। आप इससे मुक्ति नहीं पा सकते और सृजन नहीं करने का निर्णय नहीं ले सकते; क्योंकि सृजन का कार्य कभी नहीं रुकता। आकर्षण का सिद्धांत कभी काम करना बंद नहीं करता।

इसलिए यह समझना आपकी सफलता का मौलिक आधार है कि यह सिद्धांत कैसे काम करता है? यदि आप अपने जीवन में बदलाव लाना चाहते हैं और अपने को एक अच्छे भविष्य के निर्माण के लिए तैयार करना चाहते हैं तो आपको आकर्षण के सिद्धांत में अपनी भूमिका को समझना होगा।

जीवन जैसा जा रहा है, वैसा गुजर जाने देना गैर-जिम्मेदारी है। अपने दिन का निर्माण करना आपका दैवी अधिकार है।

—रमता

यहाँ यह इस तरह काम करता है—जो जैसा होता है, वह वैसे को ही आकर्षित करता है। समान चीजें एक-दूसरे की ओर आकर्षित होती हैं। अगर आप उत्तेजित, उत्साहित, भावुक, सौभाग्यशाली, प्रसन्न, कृतज्ञ या संपन्न महसूस कर रहे हैं तो आप सकारात्मक ऊर्जा का संचार कर रहे हैं; लेकिन अगर आप ऊब रहे हैं, चिंतित हैं, तनाव में हैं, क्रोधित हैं, क्षुब्ध हैं या दुःखी हैं तो आप नकारात्मक ऊर्जा का संचार कर रहे हैं। यह ब्रह्मांड, आकर्षण के सिद्धांत के माध्यम से, इस दोनों तरह के ऊर्जा संचार में पूरे उत्साह से प्रतिक्रिया देगा। वह यह निर्णय नहीं करेगा कि आपके लिए कौन सी ऊर्जा बेहतर है? यह केवल आप जैसी ऊर्जा का सृजन कर रहे हैं, उस पर प्रतिक्रिया देगा और यह आपको उसी तरह की और अधिक ऊर्जा देगा। आपने वहाँ जो कुछ छोड़ा, आप बिल्कुल वैसा

ही वापस पाएँगे। आप जिस वक्त भी जो कुछ सोच रहे हैं और जो कुछ महसूस कर रहे हैं, वह वास्तव में ब्रह्मांड से उसी तरह का और देने का आपका आग्रह होता है।

आप जैसी ऊर्जा का सृजन करेंगे, चूँकि आपके पास वैसी ही ऊर्जा लौटकर आएगी, इसलिए आपको यह सुनिश्चित करना होगा कि आप लगातार वैसी ही ऊर्जा, विचार और भावनाओं का संचार करें, जो, आप जो कुछ बनना चाहते हैं, करना चाहते हैं और अनुभव करना चाहते हैं, उसके अनुरूप हो। आप अपने जीवन में जो कुछ चाहते हैं, आपकी अपनी ऊर्जा का सृजन भी उसके अनुरूप ही होना चाहिए। अगर आप प्रेम और खुशहाली चाहते हैं तो आपको भी प्रेम और हर्ष से भरी ऊर्जा का सृजन करना होगा।

इसके बारे में इस तरह सोचें—यह बहुत कुछ रेडियो तरंगों के संप्रेषण और उनके ग्रहण करने के तरह की बात है। आपकी फ्रीक्वेंसी उस फ्रीक्वेंसी से मेल खाती हुई होनी चाहिए, जैसी आप स्वयं ग्रहण करना चाहते हैं। आप अपना रेडियो 98.7 एफ.एम. पर चलाकर यह उम्मीद नहीं कर सकते कि आपको 103.3 पर चल रहे रेडियो स्टेशन के कार्यक्रम सुनाई पड़ें। ऐसा नहीं हो सकता। उसी तरह आपकी ऊर्जा भेजनेवाले की ऊर्जा की फ्रीक्वेंसी से तालमेल बिठाती हुई या मेल खाती हुई होनी चाहिए और इसलिए आपको सकारात्मक ऊर्जा का ही संप्रेषण करना होगा, ताकि आप सकारात्मक ऊर्जा को ही आकर्षित करें।

एक और अच्छा उदाहरण है—ट्यूनिंग फोर्क का। जब आप ट्यूनिंग फोर्क बजाते हैं, तब कोई खास आवाज या फ्रीक्वेंसी पाने के लिए उसका उपयोग करते हैं। अब ट्यूनिंग फोर्क से भरे एक कमरे में केवल वे ही ट्यूनिंग फोर्क्स अपना काम कर पाते हैं, जो बिल्कुल समान फ्रीक्वेंसी पर सेट हैं। वे स्वत: ही उस फ्रीक्वेंसी से जुड़कर अपना काम करने लगते हैं, जो उनसे मेल खाती है। तो इस तरह बात यह है कि आप

जैसा आकर्षित करना चाहते हैं, अपने आपको उसी फ्रीक्वेंसी के अनुरूप बनाएँ। सकारात्मक भविष्य के लिए आपको अपनी ऊर्जा, विचार और भावनाओं को सकारात्मक रखना होगा।

आपको अपने विचारों एवं भावनाओं को नियंत्रित करना सीखना होगा और आप जो आकर्षित करना चाहते हैं, उसके अनुरूप तालमेल बिठाना होगा; और यह काम अपने जीवन की परिस्थितियों पर केवल प्रतिक्रिया देने की बजाय अनुकूल परिस्थिति बनाना सीखकर करना होगा। हम लोगों में से अधिकतर लोग हमारे आसपास होनेवाली घटनाओं और चीजों पर स्वत: ही और बिना सोचे-समझे प्रतिक्रिया व्यक्त कर देते हैं। शायद आपका दिन अच्छा नहीं था, शायद आपकी कार का टायर पंक्चर हो गया है या हो सकता है कि किसी ने आपसे अनुचित व्यवहार किया हो। आपने इन परिस्थितियों पर अपने विचारों और भावनाओं के माध्यम से नकारात्मक प्रतिक्रिया व्यक्त की। आप क्रोधित, हताश या परेशान हो गए। इस मामले में आप सोच-समझकर कोई जवाब देने की बजाय अनजाने में प्रतिक्रिया व्यक्त कर रहे हैं और इस तरह नकारात्मकता से भरे आपके विचार और भावनाएँ स्वत: ही ब्रह्मांड को ऐसी ही और नकारात्मक ऊर्जा देने का आदेश दे रही हैं। और अधिक सकारात्मक परिणाम के लिए आपको सोच-समझकर, एक अलग तरीके से, अधिक सकारात्मक रूप से उत्तर देना सीखना होगा।

अगर आप वह करेंगे, जो आप हमेशा करते आए हैं,
तो आपको वही मिलेगा, जो आपको हमेशा मिलता रहा है।

—एंथनी रॉबिंस

अच्छी बात यह है कि एक बार जब आप आकर्षण के सिद्धांत को समझ जाएँगे और आपको यह पता चल जाएगा कि यह कैसे काम

करता है तो आप स्वेच्छा से सोच-विचार कर एक बेहतर जीवन बनाने की शुरुआत कर सकते हैं। आपके सामने जो परिस्थितियाँ आएँगी, उन पर आप अलग तरह से प्रतिक्रिया व्यक्त कर सकते हैं। आप अपने जीवन में जिन चीजों को और अधिक चाहते हैं, उन पर अपना ध्यान केंद्रित कर सकते हैं और उनके बारे में सोच सकते हैं। आपको जो चीजें अच्छी लगती हैं, आप उनका अधिक-से-अधिक अनुभव करने का फैसला कर सकते हैं। आप अपने विचारों और भावनाओं को नियंत्रित कर अपने भविष्य के निर्माण में सोच-समझकर भागीदारी करने का फैसला कर सकते हैं।

आप आज जो कुछ करते हैं, आपके भविष्य का निर्माण उससे ही होता है, न कि जो कुछ कल करेंगे।

—रॉबर्ट कियोसाकी

चमत्कारों की उम्मीद कीजिए

आकर्षण का सिद्धांत असीम संभावनाओं, असीम संपन्नता और असीमित आनंद की अनुमति देता है। यह किसी कठिनाई को नहीं जानता और यह हर तरह से आपके जीवन में बदलाव ला सकता है।

यह समझने के लिए कि आकर्षण का सिद्धांत हमारे जीवन में किस तरह से काम करता है, हमें कुछ चीजों पर ध्यान देना होगा।

आइए, हम शुरुआत करें।

ब्रह्मांड परिवर्तनशील है; हमारा जीवन वही है, जो हमारे विचार इसे बनाते हैं।

—मारकस ऑरेलियस एंटोनिनस

□

2

आप क्या हैं?

आप ऊर्जा हैं

बहुत साफ और सीधी बात है। आप उन्हीं तत्त्वों से बने हुए हैं, जिनसे सूर्य, चंद्रमा और तारों का निर्माण हुआ है। मानव शरीर के रूप में आप चलते-फिरते, बातचीत करते प्रतिभाशाली ऊर्जा के स्रोत हैं। आप उन कोशिकाओं से बने हुए हैं, जिनका निर्माण अणु से हुआ है, जो अर्ध-आणविक कणों से बना है। अर्ध-आणविक कण क्या होते हैं?—ऊर्जा!

हर चीज ऊर्जा है

सभी तत्त्व ऊर्जा हैं।

ऊर्जा का न तो सृजन हो सकता है और न ही उसे नष्ट किया जा सकता है।

यह अपने आप में ही इसका कारण और प्रभाव दोनों है।

यह सभी स्थानों पर और हर समय बराबर मात्रा में मौजूद है।

ऊर्जा लगातार गतिशील है और यह कभी विश्राम नहीं करती।

यह हमेशा से एक स्वरूप से दूसरे स्वरूप में परिवर्तित होती रहती है।

ऊर्जा विचारों का अनुसरण करती है।

ब्रह्मांड में कोई भी अतिरिक्त टुकड़ा नहीं है।
हर कोई यहाँ है, क्योंकि उसे एक स्थान की पूर्ति करनी है और
हर टुकड़ा फिट होना चाहिए
बड़ी-सी पहेली में।

—दीपक चोपड़ा

आप जुड़े हुए हैं

आप हर चीज से और हर किसी से जुड़े हुए हैं। आप एक बड़ी समग्र वस्तु का एक अभिनव टुकड़ा हैं, ब्रह्मांड का अभिन्न भाग हैं। आप ऊर्जा के एक बहुत बड़े मैदान में ऊर्जा से भरी एक गेंद हैं। आप एक बहुत बड़ी शक्ति का हिस्सा हैं; आप ईश्वर का अंश हैं। आप चाहें तो पूरे ब्रह्मांड की बुद्धिमत्ता आपके लिए है।

इंटरनेट के बारे में सोचिए। आप उसे देख या छू नहीं सकते, लेकिन आपको पता है कि वह यहाँ है। यह वास्तविकता है। यह ऊर्जा का एक अदृश्य संपर्क है, जो हम सबको आपस में जोड़े रखता है। इसी तरह आप हर एक से और हर चीज से जुड़े हुए हैं।

क्या आपने कभी ध्यान दिया है कि जिन लोगों से आपके घनिष्ठ संबंध होते हैं, आप कभी उनके लिए कोई बात कहते हैं या आप दोनों एक ही बात एक ही समय पर कहते हैं? यह संयोग नहीं है, यह संपर्क है। यह इस बात का सटीक उदाहरण है कि हम अपने आसपास के लोगों से किस तरह जुड़े हुए हैं!

हम सबको यह अनुभव होगा कि जब हम किसी के बारे में सोचना शुरू करते हैं, शायद कोई ऐसा, जिसे हमने वर्षों से देखा नहीं हो या उससे काफी समय से बात नहीं की हो और तभी कुछ मिनट के अंदर फोन बज उठता है और फोन के उस छोर पर वही होते हैं। "मैं अभी आपके बारे में ही सोच रहा था।" हम खुशी से भरकर यह कह उठते हैं।

वास्तव में, हम उनके फोन करने से पहले ही उनके फोन करने के बारे में सोच रहे होते हैं। हमारे विचार समय और दूरी को बहुत तेजी से पार कर लेते हैं। अपने संपर्क के जरिए उनके आपका नंबर घुमाने से पहले ही आपने उनके विचारों और इरादों की ऊर्जा को संचारित कर दिया, या हो सकता है कि यह उनके बारे में आपका सोचना था, जिससे वे आपको फोन करने के लिए प्रेरित हुए।

आकर्षण के सिद्धांत के कारण
आप सभी एक शक्तिशाली चुंबक की तरह हैं
आकर्षित करते हुए बहुत कुछ वैसा, जैसा
आपने स्वयं किसी वक्त चाहा होगा।

—एस्थर एवं जेरी हिक्स

आप चुंबक हैं

आप एक सजीव चुंबक हैं। आप वस्तुतः उन चीजों, लोगों, विचारों और परिस्थितियों को आकर्षित करते हैं, जिनका स्पंदन और जिनकी गूँज ऊर्जा की उसी आवृत्ति पर है, जिस पर आपकी ऊर्जा है। आपकी ऊर्जा का क्षेत्र आपके विचारों और अनुभूतियों के अनुसार लगातार बदलता रहता है और यह ब्रह्मांड एक आईने की तरह काम करता है, जो उसी ऊर्जा की प्रतिच्छाया को वापस भेजता रहता है, जो आप सृजित करते हैं। आपके विचार और भावनाएँ जितनी प्रबल होंगी, चुंबकीय आकर्षण उतना ही अधिक होगा। यह ऐसी प्रक्रिया नहीं है, जिसमें आपको वास्तव में किसी तरह का प्रयास करने की जरूरत है। चुंबक किसी चीज को आकर्षित करने का 'प्रयास' नहीं करता—यह बस, आकर्षित करता है और वैसा ही आप करते हैं। आप हमेशा कुछ-न-कुछ अपने जीवन में आकर्षित करने की प्रक्रिया में रहते हैं।

क्या आपको यह बात समझ आती है कि इस क्षण आपका जो

जीवन है, वह आपने अब तक जो कुछ सोचा, किया, विश्वास किया या महसूस किया, उस सबका ही परिणाम है ? आप अभी से उन सब चीजों को सोच-समझकर और सचेत होकर आकर्षित करने का प्रयास शुरू कर सकते हैं, जो आप अपने जीवन में चाहते हैं। आकर्षण के सिद्धांत के माध्यम से आप लोगों, संसाधनों, धन, विचार, रणनीति और परिस्थितियों को—वस्तुतः वह सबकुछ आकर्षित कर सकते हैं, जो आपको अपने सपनों का भविष्य बनाने के लिए जरूरी है।

हम जो कुछ भी हैं, वह सब
हमारी सोच का परिणाम है।
—बुद्ध

आप शक्तिशाली हैं

आप अपने को जितना शक्तिशाली समझते हैं, आप उससे कहीं अधिक हैं। आप अपने जीवन में हर चीज बना रहे हैं। एक बार आप इसे पूरी तरह स्वीकार कर लें और इसकी जिम्मेदारी लें कि आप वह सबकुछ कर सकते हैं, जो आपने तय कर लिया है। आप स्वयं अपने जीवन के रचयिता हैं और आप इसे जिस दिशा में ले जाना चाहें, उस दिशा में ले जा सकते हैं।

आप में अपने जीवन को बदल देने की क्षमता है।

आप में अपने इच्छित भविष्य के निर्माण की क्षमता है।

आप में असीम क्षमता है।

एक बार आप निर्णय करते हैं,
तो पूरा ब्रह्मांड जुट जाता है
उसे वास्तविकता बनाने में।
—रॉल्फ वाल्डो एमरसन

□

3

आप कौन हैं?

विचार वस्तु हैं

आपके विचार आपके दिमाग में घूमते हुए मात्र हलके-फुलके बादल नहीं हैं; आपके विचार वस्तु हैं। वे वास्तव में ऊर्जा को माप सकनेवाली इकाई हैं। विचार जैव-रासायनिक इलेक्ट्रिकल संवेग हैं। वे ऊर्जा की लहरें हैं, जो—जहाँ तक हम कह सकते हैं—हमेशा और हर स्थान पर सक्रिय रहती हैं।

विचार कार्यों का पूर्वाभ्यास है।

—सिग्मंड फ्रायड

आपके विचार शक्तिशाली हैं।

वे वास्तविक हैं, वे मापे जा सकते हैं, वे ऊर्जा हैं।

आपका हर विचार इस ब्रह्मांड में आपकी इच्छा का परिचायक है। आपके मन में जो भी विचार आता है, वह आपके शरीर में मनोवैज्ञानिक परिवर्तन करता है। आप अपने सभी विचारों की ही उत्पत्ति हैं—उन विचारों और भावनाओं की, जो आपने महसूस की हैं और अब तक आपने जो कार्य किए हैं। और···आज आपके मन में जो विचार आते हैं, आज आपको जिन भावनाओं की अनुभूति होती है और जो कार्य आप

आज करते हैं, वे ही आपके आनेवाले कल के अनुभवों का निर्धारण करेंगे। इसलिए यह जरूरी है कि आप सकारात्मक तरीके से सोचना एवं व्यवहार करना सीखें और आप जीवन में जो कुछ बनना चाहते हैं, जो करना चाहते हैं और जो अनुभव लेना चाहते हैं, आपके विचार उसके अनुरूप ही हों।

जीवन का यह खेल प्रत्यावर्तन का खेल है।
हमारे विचार, कार्य
और शब्द देर-सबेर हमारे पास पलटकर आते हैं,
चकित कर देनेवाली परिशुद्धि के साथ।
—फ्लोरेंस शिन

विचार हमारे शरीर को प्रभावित करते हैं

हम पॉलिग्राफ या झूठ पकड़नेवाले परीक्षण से जानते हैं कि व्यक्ति के विचारों का प्रभाव उसके शरीर पर पड़ता है। आपके विचार आपके शरीर का तापमान, हृदय की धड़कन, रक्तचाप एवं श्वास की गति को प्रभावित करते हैं और मांसपेशियों में तनाव तथा हाथों में पसीना तक ला देते हैं। मान लीजिए कि आपको झूठ पकड़नेवाली किसी मशीन पर बिठा दिया गया है और आपसे पूछा जा रहा है, "क्या आपने पैसे लिये थे?" अगर आपने पैसे लिये हैं और उसके बारे में झूठ बोलते हैं तो आपके हाथों में पसीना आ सकता है या आपके हाथ ठंडे पड़ सकते हैं अथवा आपके दिल की धड़कनें बढ़ सकती हैं। आपका रक्तचाप बढ़ सकता है, आपकी साँसें तेज हो जाएँगी और आपकी मांसपेशियों में खिंचाव आ जाएगा। इस तरह के मनोवैज्ञानिक प्रभाव केवल तभी नहीं पड़ते, जब आप झूठ बोल रहे हैं; बल्कि हर विचार का आपके शरीर

पर अपनी–अपनी तरह से प्रभाव पड़ता है। आपके हर विचार से आपके शरीर की हर कोशिका प्रभावित होती है।

मैं स्वीकार करता हूँ कि विचार शरीर को प्रभावित करते हैं।
—अल्बर्ट आइंस्टाइन

इस तरह, आप अधिक–से–अधिक सकारात्मक सोच रखना सीखने का महत्त्व समझ सकते हैं। नकारात्मक सोच विष है और वे नकारात्मक तरीके से आपके शरीर को प्रभावित करते हैं। वे आपको कमजोर करते हैं, आपको पसीना–पसीना कर सकते हैं, आपकी मांसपेशियों में तनाव पैदा कर सकते हैं और आपके शरीर में इससे कहीं अधिक अम्लीय स्थिति पैदा कर सकते हैं। वे कैंसर (अम्लीय स्थिति में कैंसर कोशिकाएँ तेजी से बढ़ती हैं) और अन्य बीमारियों के लिए स्थिति पैदा कर सकते हैं। वे नकारात्मक ऊर्जा स्पंदन भी पैदा करेंगे और इसी तरह के स्पंदन को अपनी ओर आकर्षित करेंगे।

दूसरी ओर, सकारात्मक विचार आपके शरीर पर सकारात्मक प्रभाव डालते हैं। इससे आप अधिक आरामदेह, अधिक केंद्रित और सतर्क महसूस करते हैं। वे आपके मस्तिष्क में एंडोर्फिन रसायन का प्रवाह बढ़ाते हैं, दर्द कम करते हैं और खुशी बढ़ाते हैं। इसके अलावा, आपके सकारात्मक विचार सकारात्मक ऊर्जा का स्पंदन पैदा करते हैं, जिससे आपके शरीर में वापस लौटकर और अधिक सकारात्मक ऊर्जा आएगी।

अब यह प्रमाणित हो चुका है
वैज्ञानिक तौर पर कि सकारात्मक विचार
सौ गुना ज्यादा प्रभावशाली हैं
नकारात्मक विचारों से।
—माइकल बर्नार्ड बेकविथ

आपका चेतन और अवचेतन मन

हम लोगों में से अधिकतर लोग हमारे चेतन में आनेवाले विचारों से अच्छी तरह अवगत हैं; लेकिन अवचेतन में आनेवाले विचारों से भी अवगत होना उतना ही जरूरी है। हमारा अवचेतन भी काफी कुछ कर रहा है और चूँकि हममें से अधिकतर के मन में लगातार नकारात्मक विचार आते रहते हैं, हम लगातार नकारात्मक संदेश भेजते रहते हैं। आपको अपने अवचेतन को नए सिरे से ठीक करना सीखना होगा और अपने अंदर के नकारात्मक विचारों को स्वस्थ व सकारात्मक विचारों में बदलना होगा। आपके अपने विश्वास और अपनी छवि पर गहराई से नजर डालकर आप किसी भी सीमित या नकारात्मक सोच को अपने मन से हटा सकते हैं। यह नकारात्मक आत्म-वार्त्ता एक विक्षोभ या फोन पर किसी तरह की बाधा जैसी है। यह दखलंदाजी करेगी, तोड़ेगी-मरोड़ेगी और यहाँ तक कि आपके सकारात्मक उद्देश्यों में अवरोध भी पैदा करेगी। यदि इसे नहीं हटाया गया तो यह आपके इच्छित भविष्य के निर्माण की आपकी क्षमता को प्रभावित करेगी।

कई बार आपको सबकुछ त्याग देना होता है···
अपने आपको निर्मल करो। अगर आप अप्रसन्न हैं
किसी चीज से···जो कुछ आपको निराशा की ओर ले जा रहा है,
उससे मुक्ति पा लो; क्योंकि आप देखेंगे कि जब आप मुक्त हैं,
आपकी वास्तविक रचनात्मकता, आपका सच्चा स्वरूप
निखरकर आता है।

—टीना टर्नर

दुर्भाग्यवश हम में से बहुत से लोगों में अपने पुराने नकारात्मक विचारों और आत्म-छवि से जकड़े रहने की प्रवृत्ति होती है। यह हमारे

आराम का क्षेत्र है। हम आदी हो गए हैं वास्तविकता की अपनी जानी-पहचानी धारणा के और हम अपने अवचेतन में कमी, भय एवं संदेह के भँवर में फँसे रहना चाहते हैं। इनमें से अधिकतर विचार और भावनाएँ अतीत की घटनाओं, विश्वासों और अनुभवों से जुड़ी होती हैं, जिन्हें हमने सालों से अपने अंदर पाल रखा है और उन्हें अपनी व्यक्तिगत सच्चाई का रूप दे दिया है। अगर हमने सजग होकर इन पर ध्यान नहीं दिया, इन्हें नहीं छोड़ा और इन्हें खत्म नहीं किया तो ये नकारात्मक धारणाएँ हमें बरबाद कर सकती हैं तथा हमारे पूर्ण विकास और क्षमता को प्राप्त करने में बाधक बन सकती हैं।

हैंड ब्रेक लगाकर कार चलाने की कल्पना करें। आप कार को चाहे कितना ही तेज चलाने की कोशिश करें, हैंड ब्रेक की वजह से आपकी कार रफ्तार नहीं पकड़ पाएगी; लेकिन जब आप हैंड ब्रेक हटा देंगे—आपकी कार स्वतः ही और बिना अधिक प्रयास के गति पकड़ लेगी। आपके संकीर्ण विचार, भावनाएँ और व्यवहार मनोवैज्ञानिक हैंड ब्रेक की तरह हैं। जब तक आप उनका त्याग नहीं करेंगे और उनकी जगह अधिक सकारात्मक विचारों और आस्था को स्थान नहीं देंगे, तब तक वे आपको पीछे की ओर खींचते रहेंगे और आपकी गति धीमी करते रहेंगे।

आपके मन में अपने अंदर की नकारात्मकता को खत्म करने और अपने आराम के क्षेत्र से बाहर आने की इच्छा होनी चाहिए, ताकि आप सकारात्मकता, स्वस्थ आत्म-छवि और विश्वास को पनपने की जगह दे सकें। इससे आपके अंदर ऊर्जा के स्पंदन में बदलाव आएगा और आपको अधिक आसानी से तथा प्रभावी तरीके से सकारात्मक ऊर्जा और अनुभवों को आकर्षित करने में मदद मिलेगी, जिसकी आकांक्षा आप अपने जीवन में करते हैं।

हमारे अंदर आदतन जो विचार आते हैं, वही विश्वास हैं और हम

दृढ़ता, सकारात्मक आत्म-वार्त्ता, व्यवहारगत परिवर्तन और परिकल्पना जैसे तरीके अपनाकर उन्हें बदल सकते हैं। पुरानी नकारात्मक सोच से छुटकारा पाने के लिए ये अत्यंत प्रभावी तरीके हैं और हम आगे के अध्यायों में इनमें से प्रत्येक तरीके पर चर्चा करेंगे।

अगर आपको लगता है कि आपके अंदर नकारात्मक सोच इतने गहरे तक बैठी हुई है कि उसे निकाल बाहर करने में आपको समस्या हो रही है तो आप दूसरा तरीका अपना सकते हैं। मैंने इसके लिए तीन अत्यंत प्रभावशाली तकनीकें खोज निकाली हैं। वे नकारात्मक सोच, विश्वास और भावनाओं को निकाल बाहर करने में बहुत ही कारगर हैं। वे हैं—

द सेडोना मेथड—हेल ड्वोस्किन द्वारा

(डब्ल्यूडब्ल्यूडब्ल्यूसेडोनामेथड.कॉम)

द वर्क ऑफ बायरन कैटी

(डब्ल्यूडब्ल्यूडब्ल्यूद वर्क.कॉम)

द इमोशनल फ्रीडम टेकनीक

(डब्ल्यूडब्ल्यूडब्ल्यूइमोफ्री.कॉम)

ये तीनों वेबसाइट आपको उन पुस्तकों, श्रव्य पाठ्यक्रम और सेमिनार की जानकारी देंगी, जो आपको अपने अंदर की नकारात्मकता को तेजी से और प्रभावशाली तरीके से समाप्त करने तथा विशुद्ध चेतना के स्तर पर पहुँचने के तरीके सीखने में सहायता करेंगी।

मनुष्य का मन जो भी सोचता और विश्वास करता है,
वह हासिल कर सकता है।

—नेपोलियन हिल

आपका चेतन मन

आपका चेतन मन वह भाग है, जिसके सहारे आप सोचते और तर्क देते हैं। यह आपके मन का वह भाग है, जिसका उपयोग आप प्रतिदिन के निर्णय करने में करते हैं। आपकी मुक्त इच्छा यहाँ होती है और अपने चेतन मन से आप वह सृजित करने का निर्णय ले सकते हैं, जो कुछ आप अपने जीवन में चाहते हैं। चेतन मन से आप कोई विचार स्वीकार या अस्वीकार कर सकते हैं। कोई व्यक्ति या परिस्थिति आपको उन विचारों के बारे में सज़ग होकर सोचने को बाध्य नहीं कर सकती, जो आप नहीं चाहते; लेकिन जो विचार आप अपनाना चाहेंगे, वे निश्चित रूप से आपके जीवन का मार्ग निर्धारित करेंगे। अभ्यास और थोड़े-बहुत अनुशासित प्रयास से आप केवल उन्हीं विचारों को अपने मन में आने देने का तरीका सीख सकते हैं, जो आपके सपनों और उद्देश्यों की पूर्ति में सहायक हों। आपका चेतन मन शक्तिशाली है, लेकिन यह आपके मन का काफी सीमित भाग है।

चेतन मन में है—

सीमित प्रसंस्करण क्षमता

अल्पकालिक स्मृति (करीब 20 सेकंड)

एक समय में 1 से 3 तक कार्यों से निपटने की क्षमता

120 से 140 मील प्रति घंटा की दर से संचारित आवेग

औसतन प्रति सेकंड 2,000 बिट्स सूचना प्रसंस्करण की क्षमता।

आपका अवचेतन मन

आपका अवचेतन मन वास्तव में अधिक चमत्कारपूर्ण है। इसे प्रायः आपका आध्यात्मिक या सार्वभौमिक मन कहा जाता है और यह कोई सीमा नहीं जानता, केवल उनके अलावा, जो आपने स्वयं तय की हों। आपकी आत्म-छवि और आपकी आदतें आपके अवचेतन मन में होती हैं। यह आपके शरीर की प्रत्येक कोशिका में सक्रिय रहता है। यह आपके मन का वह भाग है, जो आपके चेतन मन के मुकाबले कहीं उच्च स्तर पर आत्मा से जुड़ा होता है। यह ईश्वर से आपका संपर्क है, स्रोत से आपका संपर्क है और सार्वभौमिक असीम विवेक है।

आपका अवचेतन मन पारंपरिक और कालातीत है और यह केवल वर्तमान में काम करता है। आपके अतीत के सभी अनुभवों एवं स्मृतियों को यह अपने पास एकत्र रखता है और यह आपके सभी शारीरिक क्रिया-कलापों, जैसे—दिल की धड़कन, पाचन-क्रिया आदि पर नजर रखता है। आपका अवचेतन मन वस्तुतः सोचता है और यह उन सभी विचारों को स्वीकार करता है, जिनके बारे में आपका चेतन मन सोचना पसंद करता है। इसमें किसी विचार या धारणा को अस्वीकार करने की क्षमता नहीं है। अब, इसका अर्थ यह है कि हम अपने चेतन मन के सहारे अपने अवचेतन में जड़ जमाए बैठे विचारों विश्वासों को समझ-बूझ के साथ परिवर्तित कर सकते हैं और अवचेतन मन को उन नए विचारों व विश्वासों को स्वीकार करना होगा; वह उन्हें अस्वीकार नहीं कर सकता।

वास्तव में, हम सोच-समझकर अपने अवचेतन मन की विषय-वस्तु में बदलाव करने का फैसला ले सकते हैं।

अवचेतन मन में है—

विस्तारित प्रसंस्करण क्षमता,
दीर्घकालिक स्मृति (अतीत के अनुभव, रुख,
मूल्य और विश्वास),
एक समय में हजारों कार्यों से निपटने की क्षमता,
1,00,000 मील प्रति घंटा की दर से संचारित आवेग,
औसतन प्रति सेकंड 4,00,00,00,000 बिट्स सूचना
प्रसंस्करण की क्षमता।

जैसा कि आप समझ पा रहे हैं, अवचेतन मन चेतन मन से कहीं अधिक ताकतवर है। अपने मन को एक हिमखंड की तरह मानें। हिमखंड का एक हिस्सा आप देख पाते हैं, जो पानी के ऊपर रहता है। समझिए, वह आपका चेतन मन है। यह आपकी मानसिक क्षमता के छह में से केवल एक भाग को प्रदर्शित करता है और पानी के नीचे का हिस्सा—छह में से शेष पाँच भाग—आपके अवचेतन मन की तरह है। जब हम अपने चेतन मन से काम करते हैं (जैसा कि हम अकसर करते हैं), तब हम अपनी वास्तविक क्षमता के केवल एक हिस्से का उपयोग करते हैं। अवचेतन मन के मुकाबले चेतन मन बहुत मंद और जटिल है।

इसलिए यहाँ उद्देश्य है—हमारे अवचेतन मन की विशाल शक्ति का हमारे फायदे के लिए उपयोग करने का तरीका सीखना। हर दिन हमें अपने अवचेतन आध्यात्मिक मन में झाँकना होगा। रोज चुपचाप बिना किसी बाह्य विकर्षण के ऐसा कुछ समय बिताने से हम वास्तव में जो कुछ हैं, उससे हमारा संपर्क मजबूत होगा। हम अनेक तरीके अपनाकर अपने अवचेतन मन से जुड़ सकते हैं। ये तकनीकें हैं—दृढ़ निश्चय,

कल्पना, प्रार्थना, चिंतन व ध्यान, आभार एवं सराहना और सकारात्मक-केंद्रित तकनीक।

हमारा अवचेतन मन हमें हर उस जगह ले जा सकता है, जहाँ हम जाना चाहते हैं और चेतन मन के मुकाबले कहीं तेजी से और आसानी से हमारे जीवन के उद्द्देश्यों को पूरा करने में हमारी सहायता कर सकता है। इसलिए हमारे अवचेतन मन से जुड़कर और उसकी अद्भुत गति, शक्ति एवं चुस्ती-फुरती का उपयोग कर, हम आकर्षण के सिद्धांत का सोच-समझकर उपयोग कर सकते हैं, ताकि हम जो परिणाम चाहते हैं, उसे और प्रभावी तरीके से आकर्षित कर सकें और अपने जीवन में ला सकें।

आपके अंदर है ताकत वो सब करने की,
जिसका संभव हो पाना आपने कभी सोचा भी न था।
यह ताकत आपको मिल जाएगी,
जैसे ही आप अपनी धारणाओं को बदल पाएँगे।
—डॉ. मैक्सवेल माल्ट्ज

□

4

भावनाएँ

आपकी भावनाएँ ही आधार हैं

आकर्षण का सिद्धांत लागू करने में आपकी भावनाओं की अहम भूमिका होती है। अपने मनोभावों को सुनना सीखें—वे महत्त्वपूर्ण अंदरूनी प्रतिक्रिया प्रणाली हैं, जो आपको बताती हैं कि स्पंदन की वह अवस्था, जो आप पैदा कर रहे हैं, उस पर आपकी इंद्रियों की क्या प्रतिक्रिया है? आप जिस पर अपना ध्यान केंद्रित कर रहे हैं, उससे ही आप अपनी स्पंदन की आवृत्ति का निर्माण कर रहे हैं—फिर चाहे वह वे विचार हों, जो आपके मन में आ रहे हैं; वह विश्वास हो, जिस पर आप मनन-चिंतन कर रहे हैं; वह टेलीविजन शो हो, जो आप देख रहे हैं; वह संगीत, जो आप सुन रहे हैं; वह पुस्तक, जो आप पढ़ रहे हैं—चाहे आपकी कोई भी गतिविधि हो, जिससे आप जुड़े हुए हैं।

आपकी भावनाएँ आपकी अंदरूनी निर्देशन प्रणाली का हिस्सा हैं। जब आप प्रसन्न होते हैं और आपको फैलाव की अनुभूति होती है तो इसका सीधा अर्थ है कि आप सही मार्ग पर हैं—जिन बातों पर आप ध्यान केंद्रित कर रहे हैं, जो विचार आप सोच या सृजित कर रहे हैं, जिन विचारों पर आप ध्यान दे रहे हैं और आप जिन गतिविधियों में लिप्त हैं, वे सब आपको आपके उद्देश्यों, सपनों और इच्छाओं की दिशा में आगे बढ़ा रहे हैं।

जब आप क्रोधित, दु:खी, निराश और हताश महसूस करते हैं—ऐसी कोई भी भावना, जिससे आप शरीर में जकड़न महसूस करते हैं—तब आप ऐसी बातें सोच रहे हैं और ऐसी चीजों पर ध्यान दे रहे हैं, जो आपको आपके उद्‌देश्य, सपनों और इच्छाओं की ओर लेकर नहीं जा रही हैं। यह प्रतिक्रिया है, जो आपको बता रही है कि आप अपने रास्ते से भटक गए हैं। आपकी भावनाएँ आपको बता रही हैं कि यह वक्त है कि आप अपना रास्ता बदलें। वे आपसे कह रही हैं कि अब वक्त आ गया है कि आप बेहतर विचार अपने दिमाग में लाएँ, अपना ध्यान अन्यत्र लगाएँ, चैनल बदलें, विचार-विमर्श का विषय बदलें और कुछ अलग करें। वे आपकी ऊर्जा में बदलाव लाएँगे और आपको आनंद तथा विस्तार देंगे।

प्यार ही जिंदगी है;
अगर आपने प्यार खोया
तो आपने जिंदगी खोई।
—लियो बसकैग्लिया

आपकी स्पंदन प्रणाली चूँकि आपकी इच्छित वस्तुओं को आकर्षित करती है, इसलिए यह जरूरी है कि आप अपनी भावनाओं को जितना संभव हो, उतना सकारात्मक रखें। अपनी भावनाओं को सकारात्मक रखने का प्रयास करें—खुशी, प्यार, आनंद, जिंदादिली, संतुष्टि, राहत, गर्व, सराहना, शांति और धैर्य जैसी भावनाओं को अपने अंदर स्थान दें।

ये भावनाएँ आपके स्पंदन का स्तर बढ़ाएँगी और ये उस तरह का स्पंदन करेंगी, जैसा अनुभव आपको अपने सपने पूरे होने पर करने की उम्मीद है। याद रखें, समान वस्तुएँ एक-दूसरे को आकर्षित करती हैं। इसलिए सोच-समझकर, सकारात्मक भावनापूर्ण स्थिति बनाकर, जो उन भावनाओं के अनुरूप हो, जिनका हम अपने उद्‌देश्यों और आकांक्षाओं

की पूर्ति होने पर अनुभव करेंगे, हम ऊर्जा का ऐसा क्षेत्र तैयार कर रहे हैं, जो वही आकर्षित करेगा, जो हम चाहते हैं। इसलिए, परिस्थितियों पर महज प्रतिक्रिया देने की बजाय उनका उत्तरदायी होना और अपनी भावनात्मक स्थिति को सँभालना सीखना भी उतना ही जरूरी है।

इसलिए ऐसा काम करें, जिससे आप अच्छा महसूस करें—अपने जीवन को लेकर जोशीले और उत्साही बनें। जब आप भावनाओं को पूरी तरह और गहराई से महसूस करेंगे, तब आप ब्रह्मांड में अधिक गहन आवृत्ति बिखराएँगे। आपकी भावनाएँ जितनी मजबूत और गहन होंगी, स्पंदन के आकर्षण की प्रक्रिया उतनी ही तेज होगी।

यह बहुत जरूरी है कि आप उन चीजों के लिए समय निकालें, जो आप करना पसंद करते हैं और इस तरह आप अपना ध्यान रखें, चाहे आप अपने जीवन में कितने ही व्यस्त क्यों न हों!

शोधकर्ताओं ने पता लगाया है कि आप जो कुछ महसूस कर रहे हैं, वह वास्तव में उससे कहीं अधिक महत्त्वपूर्ण है कि आप क्या सोच रहे हैं और क्या कह रहे हैं? आपकी भावनाएँ कभी झूठी नहीं होतीं। वे आपके विचारों की सही संकेतक होती हैं और बताती हैं कि आप काम अपनी व्यक्तिगत सच्चाई और पूरे मन से कर रहे हैं या नहीं? अपनी भावनाओं की उपेक्षा न करें और न ही उन्हें तर्कों से दूर करें। पहले सिर्फ उन पर ध्यान दें। अगर वे सकारात्मक (आशा, आकांक्षा, स्वीकृति, प्रशंसा, प्यार और आनंद) नहीं हैं तो या तो उनको निकाल बाहर करें या किसी अच्छी भावना पर अपना ध्यान केंद्रित करें। इसका अर्थ है कि किसी ऐसे विचार को चुनें, जिससे अच्छा महसूस हो या जो कुछ आप कर रहे हैं, बस, उसमें बदलाव करें और कुछ ऐसा करें, जिससे आपको खुशी हो। टहलने जाएँ, कोई संगीत सुनें, बिल्ली पाल लें, कोई ऐसी जिम्मेदारी उठाएँ और ऐसा कुछ करें, जिससे आप सकारात्मक भावनाओं की ओर लौट आएँ!

हर चीज, जो आप होते हुए देखते हैं,
वह आप जो कुछ हैं, उसका ही नतीजा है।

—डेविड आर. हॉकिंस

अंदरूनी और बाह्य प्रतिक्रिया

याद रखें, खुशी आपकी अंदरूनी निर्देशन प्रणाली है। यह आंतरिक प्रतिक्रिया देनेवाला आपका अपना उपकरण है। अगर आप उत्साहित और प्रसन्न महसूस कर रहे हैं, तब संभावना इस बात की है कि आप सही रास्ते पर हैं और अपनी व्यक्तिगत सच्चाई से तालमेल बिठाए हुए हैं। अगर आप निराश, दुःखी और हताश हैं तो आप शायद सही रास्ते पर नहीं हैं। यह बिल्कुल साधारण-सी बात है। जब आप प्रसन्न होते हैं, तब आप सही कर रहे होते हैं, इसलिए उसे करते रहें। इस बात पर ध्यान दें कि आप कैसा महसूस कर रहे हैं और अपना लक्ष्य आनंद की ओर ही साधे रहें। वर्तमान समय की आपकी खुशी भविष्य में आपके लिए और खुशी को आकर्षित करने की कुंजी है।

इस अंदरूनी प्रतिक्रिया के अलावा आपको लगातार बाह्य प्रतिक्रिया भी मिल रही होगी—ब्रह्मांड से संदेश। यह प्रतिक्रिया बहुत तरीके से मिलती है। आपको सूक्ष्म या कई बार कम सूक्ष्म संकेत व्यक्ति, परिस्थिति और आपके जीवन की घटनाओं के माध्यम से मिलते हैं। आपने जीवन में निश्चित तौर पर ऐसे समय का अनुभव किया होगा, जब आपके दिमाग में कोई बात कौंध जाती है और हर चीज आपके पास आसानी से तथा बिना परिश्रम के आ जाती है। आप महसूस करते हैं कि आपके कार्यों और प्रयासों को समर्थन मिल रहा है। यह बाहरी प्रतिक्रिया है, जो आपसे कह रही है कि आप सही रास्ते पर हैं।

इसके ठीक विपरीत, कई बार ऐसा होता है कि आपको हर मोड़ पर अवरोध का सामना करना पड़ता है और ऐसा लगता है कि चाहे आप

जितनी भी कोशिश कर रहे हों, कुछ भी सही नहीं जा रहा है। यह बाह्य प्रतिक्रिया है, जो ब्रह्मांड आपके बचाव के लिए और आपको यह बताने के लिए उपलब्ध कराती है कि आप सही रास्ते पर नहीं हैं। आप बहाव के विपरीत उलटी दिशा में तैर रहे हैं। ये अंदरूनी और बाहरी प्रतिक्रियाएँ आपको बताती हैं कि कब आप सही रास्ते पर हैं और कब आप गलत रास्ते पर हैं? आपको केवल इस बात पर ध्यान देना होगा कि ये संकेत आपसे क्या कह रहे हैं? अगर आप उनको अवसर देंगे तो वे आपका मार्गदर्शन करेंगे।

हर बार जब मैंने किया
कुछ ऐसा, जो नहीं लगा सही, वह अंत में
नहीं साबित हुआ सही।
—मारियो कूमो

यह स्वाभाविक है कि हमारे जीवन में ऐसा समय भी आता है, जब हम दुःख, शोक, संताप का सामना करते हैं। जीवन में कई बार उतार-चढ़ाव आते हैं और बिना भाटा के हम ज्वार का महत्त्व नहीं समझ सकते। अँधेरे के बिना हम रोशनी का महत्त्व नहीं समझ सकते। इस तरह का दुःखद समय अकसर भावनात्मक और आध्यात्मिक विकास के लिए बहुत ही क्षीण अवसर प्रदान करता है। यह हमें इस स्थिति की तुलना कर हमारे जीवन की अनेक सुखकर चीजों को समझने और उनके प्रति कृतज्ञ होने का अवसर देता है।

जाहिर है कि दर्द और निराशा के बीच अपनी सोच और भावनाओं को सकारात्मक रखना काफी कठिन है। एक बात जान लीजिए कि आपके पास यह अवसर होता है कि आप किस स्थिति में कैसी प्रतिक्रिया देते हैं या उसे किस तरह लेते हैं! वास्तव में, हमारे जीवन में कोई

'अच्छी' या 'बुरी' बात नहीं होती; कुछ चीजों के बारे में हमारे अपने पहले से पूर्व निर्धारित विचार और धारणाएँ होती हैं, जिनकी वजह से वे हमारे लिए उस तरह हो जाती हैं। हमारे जीवन में जो कुछ भी होता है, वह किसी-न-किसी तरह हमें विकास का अवसर देते हैं। कोई ऐसी ही नकारात्मक घटना को याद करने की कोशिश कीजिए, जो बाद में किसी सुंदर और लाभकारी स्थिति की वजह बनी हो।

कोई गलतियाँ नहीं होतीं, न कोई संयोग;
सभी घटनाएँ हमारे लिए वरदान होती हैं,
ताकि हम उनसे कुछ सीख सकें।
—एलिजाबेथ कूबलर-रॉस

सकारात्मक और नकारात्मक भावनाएँ

आपने देखा होगा कि जब आप कृतज्ञ, प्रसन्न और आनंदित महसूस करते हैं, तब हलका और फैलाव महसूस होता है। आप जुड़ाव महसूस करते हैं। आप स्फूर्ति से भरे रहते हैं। यह आपकी स्वाभाविक स्थिति है। आपका जीवन इसके लिए ही है। खुशी, आश्चर्य और कृतज्ञता से भरा जीवन जीने की कोशिश कीजिए। फैलाव से भरी सकारात्मक भावनाओं से अच्छा महसूस होता है और ये आपके स्पंदन की आवृत्ति बढ़ा देती हैं। प्यार और खुशी से भरे इस स्थान पर आप ईश्वर से एकाकार हो जाते हैं और इस ब्रह्मांड में जितनी भी सुंदरता व प्रचुरता है, आप उन सबको आकर्षित करनेवाले चुंबक हैं।

दूसरी ओर घृणा, क्रोध, ईर्ष्या और भय जैसी नकारात्मक भावनाएँ प्रतिकूल असर डालती हैं। ऐसी भावनाएँ आपकी स्पंदन आवृत्ति कम कर देती हैं और आपको व्यग्र, तनावपूर्ण एवं संकीर्ण बना देती हैं। वे शारीरिक कष्ट और बीमारियाँ पैदा कर सकती है। नकारात्मक भावनाएँ

निश्चित रूप से अलगाव की भावना लाती है, विलगाव पैदा करती हैं। वे पत्थर की दीवार की तरह होती हैं—आनंद, जिसके लिए आप बने हैं, में बाधक होती हैं। इस तरह की भावनाएँ आपके जीवन में सकारात्मक ऊर्जा का प्रवाह रोकती हैं और अधिक-से-अधिक नकारात्मक ऊर्जा को आकर्षित करती हैं।

इसलिए अगर आपने अभी तक क्रोध, भय, विद्वेष या विश्वासघात जैसी नकारात्मक भावनाएँ मन में पाल रखी हैं तो उन्हें निकाल फेंकिए। उन पुराने विचारों और आचरण के तरीके को छोड़ दीजिए और वर्तमान में जीना शुरू कीजिए। अपनी पीड़ा और क्रोध पर ध्यान केंद्रित कर आप अपने जीवन में अधिक नकारात्मकता और अस्वास्थ्यकर परिस्थितियों को पैदा कर रहे हैं। आपको सकारात्मक भावनाओं और अनुभवों के लिए जगह बनानी होगी, जो आप अपने जीवन में चाहते हैं।

क्रोध आपको छोटा बनाता है,
जबकि क्षमा, आप जो हैं,
आपको उससे कहीं बड़ा बना देती है।
—चेरी कार्टर स्कॉट

क्षमा

क्षमा जरूरी और वास्तविक बदलाव की प्रक्रिया है। आपको ऐसे किसी भी व्यक्ति और परिस्थिति को क्षमा करने को तैयार रहना चाहिए, जिसने आपको तकलीफ दी हो—और उन्हें छोड़ देना चाहिए। किसी पुरानी नकारात्मक भावना और विचार से चिपके रहकर आप केवल अपने को नुकसान पहुँचाते हैं और अधिक नकारात्मक ऊर्जा को आकर्षित करते हैं। ऐसा कहा जाता है कि जब आप किसी को क्षमा करने को इच्छुक नहीं होते तो यह जहर पीने और किसी दूसरे के बीमार

पड़ने के इंतजार में रहने की तरह है। इसलिए उस व्यक्ति या स्थिति को आशीर्वाद दें और उनके ठीक-ठाक रहने की कामना करें। उन्हें क्षमा कर दें एवं उन्हें जाने दें और साथ ही अगर जरूरत हो तो अपने को भी क्षमा करने की इच्छा रखें।

अपने सकारात्मक अतीत को स्वीकार कर और अपने नकारात्मक अतीत को त्यागकर आप एक खूबसूरत भविष्य के लिए जगह बना सकते हैं। सच्ची क्षमा आपको राहत देती है। यह आपको निर्मल और मुक्त कर देती है। यह असाधारण रूप से शक्तिशाली प्रक्रिया है। ऐसी प्रक्रिया, जो आपको तुरंत पीड़ा और क्रोध से ऊपर उठाकर प्यार की उच्च स्पंदन आवृत्ति में ला देता है।

अगर आपने अपने को किसी बात पर क्षमा नहीं किया
तो आप औरों को क्षमा करने का कैसे सोच सकते हैं?

—डोलोरेस ह्यूर्टा

आकर्षण का सिद्धांत चूँकि आपके विचारों और भावनाओं के ऊर्जा स्पंदन पर प्रतिक्रिया देता है, इसलिए आपको ऐसी चीजों पर ध्यान केंद्रित करने की जरूरत है, जो आपको सकारात्मक स्पंदन की स्थिति में ला सकें। आकर्षण के सिद्धांत के अनेक विशेषज्ञों का कहना है कि अच्छा महसूस करने से महत्त्वपूर्ण और कुछ भी नहीं है। इसलिए ऐसे कामों के लिए समय निकालें, जिन्हें करने से आपको खुशी होती हो और आप अच्छा महसूस करते हैं। अपनी पसंद का संगीत सुनें, समुद्र-तट पर टहलने जाएँ, किसी की भलाई के लिए कोई अच्छा काम करें। अपने आप से अच्छा व्यवहार करें। ऐसे विचारों को अपनाएँ, जो सकारात्मक हों और उसके अनुरूप हों, जो आप अपने जीवन में चाहते हैं। सकारात्मक भावनाओं और परिस्थितियों को जान-बूझकर

तथा सोच-समझकर अपने जीवन में लेकर आएँ, और ब्रह्मांड उसके अनुरूप ही प्रतिक्रिया देगा।

आपको अपने को बनाना होगा
उसके अनुरूप, जो कुछ आप चाहते हैं।
यही है खुशी, यही है सराहना,
यही है आवेश की भावना;
लेकिन जब आप निराश हैं
या डरे हैं या क्रोधित हैं, वे स्पष्ट संकेतक हैं
इस बात के कि आप सही नहीं हैं।
यह उससे मेल नहीं खाता, जो आप चाह रहे हैं।

—एस्थर हिक्स

ध्यान रखें, कोई और आपको नहीं बता सकता कि आप कैसा महसूस करें? केवल आप इस बारे में निर्णय कर सकते हैं। अगर आप खराब महसूस कर रहे हैं तो आपको इस बात पर ध्यान देना होगा कि आखिर क्या चीज है, जो ऐसी नकारात्मक भावना पैदा कर रही है? यह कोई बाहरी चीज नहीं है। यह आप हैं और निर्णय, विश्वास, विचार एवं सोच, जो आपके मन में है, वे बाहरी चीजें हैं। इसलिए आप किसी परिस्थिति को जिस नजरिए से देखने का फैसला करते हैं, उससे आपकी भावनात्मक प्रतिक्रिया तय होती है और आप सोच-समझकर किसी भी चीज को और हर चीज को सकारात्मक ढंग से देखने का फैसला कर सकते हैं।

आपको खुशहाली को चुनने का सजग फैसला करना चाहिए। आशावाद को चुनें; ऐसी जगह पर बसने का फैसला करें, जहाँ हमेशा कृतज्ञता और प्रसन्नता हो।

अपने जीवन में भव्यता से कम किसी बात पर समझौता न करें। आपकी भावनाएँ आपकी ऊर्जा को ईंधन प्रदान करती हैं और आपकी ऊर्जा आपके भविष्य को सँवारती है।

अतीत को लेकर न चिपके पड़े रहें।
इसका उपयोग किसी बिंदु की व्याख्या के लिए करें
और फिर पीछे छोड़ दें।
सिवाय और किसी चीज के कोई मायने नहीं होते,
इसके कि इस क्षण आप क्या करते हैं,
इस क्षण से बन सकते हैं आप
पूरी तरह अलग एक व्यक्ति,
आनंद और समझ से भरे,
बाँहें फैलाए, उन्नत और
सकारात्मक—हर सोच और कार्य में!

—एइलीन कैडी

□

5

सकारात्मकता पर ध्यान केंद्रित करें

सकारात्मकता पर ध्यान केंद्रित करने के लिए सचेत होकर निर्णय करें

हम जो सूचनाएँ देते हैं, आकर्षण का सिद्धांत उसमें से गलत-सही का निर्धारण नहीं करता। वह यह तय नहीं करता कि हमारे लिए क्या अच्छा है? हम स्वतंत्र इच्छा रखते हैं और तय करते हैं कि हम अपनी ऊर्जा और अपना ध्यान कहाँ केंद्रित करना चाहते हैं! ब्रह्मांड इसे मात्र प्रतिबिंबित कर हमारे पास भेजता है। अगर हम अपना ध्यान किसी चीज पर (चाहे नकारात्मक हो या सकारात्मक) केंद्रित करते हैं तो ब्रह्मांड और शक्तिशाली तरीके से इसपर जवाब देता है।

इसलिए, यह वास्तव में बहुत महत्त्वपूर्ण है कि इस बात पर ध्यान केंद्रित करें कि आप क्या चाहते हैं, न कि इस बात पर कि आप क्या नहीं चाहते! अपनी इच्छाओं को सकारात्मक तरीके से स्पष्ट करें। आपका मस्तिष्क चित्रों के सहारे काम करता है। इसलिए अगर आप कहेंगे, 'मैं पागल नहीं होना चाहता' तो आप 'पागल' का चित्र और स्पंदन पैदा कर रहे हैं। ब्रह्मांड केवल 'पागल' की आवृत्ति को प्राप्त करता है और उसके अनुरूप ही जवाब देता है। ऐसे में, यह जरूरी है कि आप जो नहीं चाहते, उसके विपरीत पर ही केंद्रित रहें। इस मामले में, यह कहना बेहतर होगा—"मैं चाहता हूँ कि चीजें जैसी हैं, उन्हीं के बीच लोग मुझे प्यार करें और स्वीकार करें।"

एक बार आप नकारात्मक विचारों को
बदल दें सकारात्मक विचारों से, आपको
मिलने लगेंगे सकारात्मक परिणाम।

—विली नेल्सन

मूल बात यह है कि आपको ब्रह्मांड और अपने आसपास के लोगों को मिले-जुले संकेत देने से परहेज करना होगा। मिले-जुले संकेत कोई चीज या कोई बात स्पष्ट तरीके से और मजबूती से आकर्षित करने तथा प्रदर्शित करने की आपकी क्षमता में बाधक साबित होंगे।

उदाहरण के लिए—जब आप किसी चीज के 'खिलाफ' होते हैं, तब वास्तव में आप उसका फिर से सृजन कर रहे होते हैं। आप बहुत कुछ वही चीज बना रहे होते हैं, जो आप खत्म कर देना चाहते हैं। अगर आप 'युद्ध-विरोधी' हैं तो फिर से सोचिए। यहाँ मुख्य शब्द है 'युद्ध' और इससे मूल बात वही निकलकर आती है। बेहतर शब्द होगा 'शांतिप्रिय'। ब्रह्मांड शांति का स्पंदन महसूस करेगा और उसके अनुरूप ही प्रतिक्रिया देगा। आतंकवाद के खिलाफ युद्ध ने और आतंकवाद पैदा किया। हिंसा—हिंसा को आकर्षित करती है तथा प्यार और ज्यादा प्यार को आकर्षित करता है।

अपने जीवन में छोटा सा परिवर्तन कीजिए। आप जिस तरह सोचते और बोलते हैं, उसमें सोच-समझकर परिवर्तन का प्रयास कीजिए और आप जिन चीजों को अपने जीवन में नहीं चाहते, उनपर बेवजह ऊर्जा न खर्च करें। अपने को, अपने विचारों को और अपनी भावनाओं को जहाँ तक संभव हो, नकारात्मक लोगों एवं प्रभावों से दूर रखें।

हम वह नहीं बन सकते, जो हमें जरूरत है
वही बने रहकर, जो हम हैं।

—मैक्स डेप्री

सतर्क रहें, नकारात्मकता बहुत कपटपूर्ण भी हो सकती है। यह शाम के समाचारों या दैनिक समाचार-पत्रों से भी हमारे जीवन में घुसपैठ कर सकती है। यह इस तरह चारों ओर फैली हुई है कि लगभग सामान्य-सी ही नजर आती है। हम युद्ध, अपराध, हिंसा और भ्रष्टाचार की अपनी दैनिक खुराक के चलते लगभग प्रभावशून्य हो गए हैं। यहाँ एक रुख अपनाना जरूरी है। इस पर अपना ध्यान देने से इनकार कर दें। इनकी ओर अपने को केंद्रित करने से इनकार कर दें। आप जो नहीं चाहते, उन चीजों से परहेज करें। उनके बारे में बात करना बंद कर दें, उनके बारे में पढ़ना बंद कर दें और यह बात करना भी बंद कर दें कि वे कितनी खराब हैं! केवल उन बातों पर ध्यान दें, जो आप आकर्षित करना चाहते हैं। याद रहे, जहाँ आपका ध्यान जाता है, वहीं आपकी ऊर्जा प्रवाहित होती है।

यह आश्चर्यजनक नहीं है कि हम लोगों में से अधिकतर की आदत बातों को नकारात्मक तरीके से रखने की है, हालाँकि उनका ऐसा कोई इरादा नहीं होता। यह एक खराब आदत है। याद रखें, अब से केवल उन बातों पर ध्यान दें, जो आप चाहते हैं। आप केवल अपनी अंदरूनी सोच के साथ नहीं, बल्कि दूसरों से बातचीत में भी ऐसा ही करें। किसी नकारात्मक या प्रतिबंधित भाषा का प्रयोग करने से परहेज करें। जो भी विचार आपके मन में आते हैं, जो भी शब्द आप बोलते हैं, वे ब्रह्मांड में संदेश भेजते हैं। आप अपने भविष्य के अनुभवों के लिए लगातार आदेश दे रहे हैं।

अपने नकारात्मक संदेशों को सकारात्मक संदेशों में बदलने की कोशिश कीजिए।

यहाँ कुछ उदाहरण दिए गए हैं—

यह सोचने के बजाय कि 'मैं लेट नहीं होना चाहता'
सोचें, 'मैं समय पर पहुँचना चाहता हूँ।'

यह सोचने के बजाय कि 'मैं भूलना नहीं चाहता हूँ'
सोचिए, 'मैं याद रखना चाहता हूँ।'

यह सोचने के बजाय कि 'मैं नहीं कर सकता…।'
सोचिए, 'मैं शुरू कर रहा हूँ…।'

यह सोचने के बजाय कि 'दरवाजा जोर से मत बंद करो'
कहें, 'कृपया दरवाजा धीरे से बंद करें।'

यह कहने के बजाय कि 'तुम्हारा कमरा कबाड़ बना हुआ है'
कहें, 'अपना कमरा साफ रखो।'

यह कहने के बजाय कि 'इतना शोर मत मचाओ'
कहें, 'कृपया थोड़ा शांत रहें।'

इसके बारे में एक मिनट सोचें। अगर आप किसी से कहेंगे, "उस गिलास में धक्का मत मारना, दूध गिर जाएगा।" तब आपके दिमाग में कौन सा चित्र उभरकर आएगा? स्वाभाविक है कि आप परिकल्पना करेंगे एक गिलास की, जिसमें धक्का मार दिया गया है और दूध फैला पड़ा है। आप जो नहीं चाहते, उसके विचार, चित्र और ऊर्जा-स्पंदन से भी आपको बचना होगा…और उन विचारों व छवियों पर ध्यान केंद्रित करें, जो उसके अनुरूप हों, जो आप अपने जीवन में चाहते हैं। ऐसा करके आप वह छवि दूसरों के दिमाग में भी बिठाने से बच जाएँगे, जो आप नहीं चाहते…और ब्रह्मांड के दिमाग में भी नहीं।

हमारे अंदर एक प्रवृत्ति है कि हम अपने जीवन के अनेक क्षेत्रों में

जो नहीं चाहते, उस पर ही ध्यान केंद्रित करते हैं, यहाँ तक कि अपने स्वास्थ्य के मामले में भी ऐसा ही करते हैं। सोचिए, जब हम अस्वस्थ होते हैं या कोई बीमारी हमें घेर लेती है, तब हम पूरी तरह उस समस्या में घिर जाते हैं और इच्छित परिणाम पर ध्यान नहीं देते। हमारी प्रवृत्ति स्वस्थ होने की बजाय बीमारी और जो कुछ उससे जुड़ा है, पूरी तरह उस पर ध्यान केंद्रित करने की है। चूँकि हम जिस बात पर अपना ध्यान केंद्रित करते हैं, वह विस्तारित हो जाती है, इसलिए आपको अपनी ऊर्जा और विचार स्वस्थ रखने चाहिए। अपने विचार सकारात्मक व आशावादी रखें और अपने को स्वस्थ एवं सही-सलामत देखें। आपकी सकारात्मक ऊर्जा, विचार, कल्पनाएँ, दृढ़ निश्चय, प्रार्थना और ध्यान के साथ ही जो भी चिकित्सा आप करना चाहें, करें, वह स्वस्थ होने की प्रक्रिया तेज करेगी। याद रहे, अपने जीवन के हर क्षेत्र में उस पर ध्यान केंद्रित करें, जो आप अपने जीवन में चाहते हैं, न कि उस पर, जो आप नहीं चाहते।

मन और शरीर दोनों के स्वास्थ्य का रहस्य है,
न दुःखी हों अतीत के लिए, न चिंतित हों भविष्य के लिए,
न मुसीबतों की कल्पना करें, बस, जिएँ वर्तमान में
समझदारी और गंभीरता से।

—बुद्ध

सोचिए, रोज हम अपना कितना समय अपनी समस्याओं पर और हमारे जीवन में कितना कुछ गलत है, इस पर विचार करते हुए बिता देते हैं? वादा कीजिए कि अपनी ऊर्जा में बदलाव करेंगे और अब से अधिक सकारात्मक तरीके से सोचना तथा बात करना शुरू कीजिए। तय कीजिए कि अब से ध्यान सिर्फ उसी पर केंद्रित करेंगे, जो आपके जीवन के लिए सही है।

इस बात पर गौर कीजिए कि आपका ध्यान कहाँ जा रहा है ? आपको यह जानकर आश्चर्य होगा कि हम कितनी जल्दी-जल्दी ऐसी बातें सोचते हैं, बात करते हैं, काम करते हैं, जो उन सबके बिल्कुल विपरीत हैं, जो कुछ हम वास्तव में चाहते हैं। याद रखें, आप हमेशा कुछ आकर्षित कर रहे हैं, इसलिए ऐसा कुछ आकर्षित करना बंद करें, जो आप नहीं चाहते और वह सब आकर्षित करना शुरू कर दें, जो आप अपने जीवन में चाहते हैं। अपना ध्यान केवल उन चीजों पर केंद्रित करें, जो इसके लायक हैं और जिनका आपके सपनों व उद्देश्यों से सीधा तालमेल हो।

चलिए, इस बात पर ध्यान देना ठीक है कि आप क्या नहीं चाहते ? इसे यह तय करने की दिशा में पहला कदम समझें कि आप क्या चाहते हैं और इस पर ज्यादा ऊर्जा खर्च करने तथा ध्यान देने की आदत से बचने की कोशिश करें। सोचिए कि आप क्या नहीं चाहते और यह इस बात का पता लगाने के लिए पर्याप्त है कि आप क्या चाहते हैं ? इससे तुलना के माध्यम से आपको यह समझ आ जाएगा कि क्या आपके पास होना चाहिए और आपको स्थिति कुछ हद तक स्पष्ट करने में सहायता मिलेगी। अब अपना ध्यान फिर से सकारात्मकता की ओर ले जाइए और आगे बढ़ जाइए।

आप जैसा भविष्य चाहते हैं, उसके अनुसार स्पंदन पैदा करें।

अपने तथा औरों के अंदर की अच्छाई पर ध्यान केंद्रित करें।

अपने जीवन के प्रकाश और सुंदरता पर ध्यान केंद्रित करें।

जो व्यक्ति सकारात्मक विचारों को क्रियाशील करता है,
वह भर देता है आसपास के माहौल को सकारात्मकता से
और फलतः लौटकर उसके पास आती है सकारात्मकता।

—डॉ. नॉर्मन विंसेंट पील

□

6

प्रचुरता

प्रचुरता एक प्राकृतिक स्थिति है

अगर आप आकर्षण के सिद्धांत को समझ लें और उसे लागू करें तो आप जो कुछ चाहेंगे, वह बिना किसी प्रयास के आपके जीवन में आ जाएगा। हम ऐसी दुनिया में रहते हैं, जो अभाव और कमी पर अधिक बल देती प्रतीत होती है; लेकिन सच्चाई यह है कि यह प्रचुरता से भरा ब्रह्मांड है। यहाँ कोई अभाव नहीं है, कोई कमी नहीं है। यहाँ प्रत्येक के लिए पर्याप्त भोजन, पैसा, आनंद, खुशी, आध्यात्मिक संतुष्टि और प्रेम है।

अगर आप अपने जीवन में प्रेम की प्रचुरता चाहते हैं तो प्रेम पर ध्यान केंद्रित कीजिए, जैसा प्रेम आप आकर्षित करना चाहते हैं, वैसे ही बनिए। औरों से और स्वयं से अधिक-से-अधिक प्रेम कीजिए और उदारतापूर्ण व्यवहार कीजिए। प्रेम का स्पंदन सृजित कर आप स्वत: ही अपने जीवन में अधिक प्रेम आकर्षित करेंगे। आप अपने जीवन में जो कुछ ज्यादा चाहते हैं, उस पर ध्यान केंद्रित कीजिए और उन सब के लिए आभारी रहना न भूलें, जो कुछ पहले से ही आपके जीवन में है। कृतज्ञता अपने आप में प्रचुरता का एक स्वरूप है और कृतज्ञता व सराहना की स्पंदन आवृत्ति स्वत: ही और अधिक आकर्षित करेगी, ताकि कृतज्ञ हुआ जा सके।

प्रचुरता ऐसी कोई चीज नहीं, जिसे हम हासिल करते हैं। यह वह चीज है, जिसे हम समायोजित करते हैं। यहाँ नहीं है कमी अपनी पसंद की आजीविका कमाने के अवसरों की, कमी है तो बस, केवल पक्के इरादों की।

—वेन डायर

उदाहरण के लिए—अगर आप अपने जीवन में वित्तीय प्रचुरता चाहते हैं तो अपने जीवन में आ रही समृद्धि और पैसे पर अपना ध्यान केंद्रित करें। कल्पना करें कि डाक से चेक आ रहे हैं। इस साल आप जितना पैसा चाहते हैं, उतने पैसे का एक चेक अपने नाम बनाएँ और उसे ऐसे किसी स्थान पर रखें, जहाँ आप उसे देख सकें। हर बार जब आप उसे देखें, तब यह मानें कि यह संभव है। अपने प्रिय धर्मार्थ संस्थान को दान दें और जानें कि आप यह खर्च उठा सकते हैं। आप पाने के लिए देने को तो जरूर तैयार होंगे। कल्पना कीजिए कि पूरी तरह आर्थिक स्वतंत्रता प्राप्त करने से कैसा अच्छा महसूस होता है! कल्पना कीजिए उन विभिन्न चीजों की, जो आप करेंगे; उन जगहों की, जहाँ आप जाएँगे और वह कैसे आपकी जिंदगी बदल देगा! अपने को ऐसा महसूस करने दीजिए, मानो वास्तव में ऐसा है। अब सोचिए कि आप अपनी आर्थिक संपन्नता का अपने समुदाय में योगदान देने और उसे समृद्ध बनाने में कैसे उपयोग करेंगे? कल्पना कीजिए कि दूसरों की सहायता करने से कैसा अच्छा महसूस होगा और उन लोगों के जीवन में कितना अंतर आएगा? याद रहे, एक मिनट का समय निकालकर उन सब के लिए आभार व्यक्त करें, जो पहले से ही आपके पास है। ऐसा करके आप अपने भविष्य के जीवन में जो वित्तीय संपन्नता लाना चाहते हैं, उसके लिए उसके अनुरूप ही स्पंदन पैदा कर रहे हैं।

इसका यह अर्थ नहीं है कि आप कोई कार्य नहीं करेंगे। इसका

तात्पर्य है कि अपने जीवन में प्रचुरता सृजित करने और लाने के लिए आप अपने उद्देश्य की पूर्ति हेतु बाह्य के साथ-साथ आंतरिक प्रयास भी करें। अपनी इच्छाओं के बारे में आपके पास अपनी स्थिति बिल्कुल स्पष्ट होनी चाहिए (इस मामले में वित्तीय प्रचुरता)। विश्वास कीजिए कि ऐसा होगा और अपने विश्वास को मजबूती देने के लिए आपके अंदर वे सभी सामान्य तर्कसंगत कदम उठाने की इच्छा होनी चाहिए, जिनका कोई अर्थ हो और साथ ही वह कार्य भी करें, जिसकी इच्छा आपके अंदर पैदा हुई हो। आप में अपनी इंद्रियों के संकेत का पालन करने की इच्छा होनी चाहिए। आप जो आकर्षित करना चाहते हैं, उसके अनुरूप स्पंदन बनाए रखें और विश्वास कीजिए कि परिणाम आपके लिए तय कर दिए गए हैं। आप लहरों से नहीं जूझ रहे हैं, बल्कि स्वाभाविक लय-ताल और जीवन-प्रवाह के साथ बिना प्रयास के ही बहाव की ओर बहते चले जा रहे हैं।

जिस चीज के लिए भी हम इंतजार कर रहे हैं—मानसिक शांति, संतुष्टि, दया, सामान्य प्रचुरता को लेकर आंतरिक सजगता, यह सब निश्चित रूप से हमारे पास आएगा; लेकिन केवल तब, जब हम इसे लेने को तैयार होंगे— खुले दिल से और कृतज्ञ मन से।

—सारा बान ब्रेथनैश

आप जब इस तरह के उद्देश्य और इरादों के साथ अपने सपनों को साकार करने की दिशा में बढ़ेंगे, तब संपूर्ण ब्रह्मांड हर तरह से पूरी प्रचुरता के साथ आपका सहयोग करेगा। यह आपके उत्साह और आपकी प्रतिबद्धता के स्पंदन पर प्रतिक्रिया देगा। इसलिए अपने जीवन में एक साथ होनेवाले कई घटनाक्रमों पर ध्यान देना शुरू कीजिए और आप

जिन भी अवसरों, विचार, व्यक्तियों और संसाधनों को आकर्षित कर रहे हैं, उनके प्रति सजग रहें। उनके प्रति खुला मन रखें और लीक से हटकर सोचने को इच्छुक रहें। नए अवसर हमेशा आपके सामने आश्चर्यजनक तरीके से प्रकट होंगे। जो आप करना पसंद करते हैं, वह कीजिए। इसके लिए अपनी तीव्र इच्छा रखें और स्वयं पर विश्वास रखें।

अगर आप अपने सपनों को साकार करने में पूरी तरह जुट जाना चाहते हैं तो पैसे सहित सभी आवश्यक संसाधन जुट जाएँगे।

ब्रह्मांड में कठिनाई जैसी कोई चीज नहीं है और विश्व में पैसे की कमी जैसी कोई बात नहीं है। अगर अभी आप पर ऋण है तो ऋण चुकाने की योजना बनाएँ, उस पर दृढ़ रहें और उसके बाद ऋण पर से अपना ध्यान हटा लें और अपना ध्यान धन एकत्रित करने पर केंद्रित करें।

बात यह नहीं कि क्या है हमारे पास,
बात यह है कि हम आनंद किस चीज का लेते हैं;
यही बनाता है हमारी प्रचुरता
—जॉन पेटित-सेन

आपके अंदर जिसे लेकर जुनून हो, जिस पर आपका ध्यान केंद्रित है, आप प्रतिबद्ध हैं और जिसके बारे में आप वास्तव में विश्वास करते हैं कि यह संभव है, उस स्पंदन पर यह ब्रह्मांड प्रचुरता से प्रतिक्रिया देता है। आप जिस पर भी ध्यान केंद्रित करते हैं, वह विस्तारित होता है। इसलिए, आप किसी संकीर्ण सोच या विश्वास पर ध्यान न दें। इसकी बजाय अपने विचार, भावनाएँ और ऊर्जा आपके समक्ष मौजूद असीम संभावनाओं एवं विस्तार पर केंद्रित करें। आप जो प्रचुरता चाहते हैं और जो आपको मिलनी चाहिए, उसके अनुरूप स्पंदन के लिए अपने चेतन और अवचेतन मन की शक्ति का प्रयोग करें।

एक बात का ध्यान रहे, आपके जीवन में जो कुछ अद्‌भुत प्रचुरता पहले से ही मौजूद है, उसकी सराहना जरूर करें और ब्रह्मांड में जो कुछ अच्छा है, उसे मुक्त हृदय से स्वीकार करने के लिए तैयार रहें। आकर्षण के सिद्धांत के माध्यम से ब्रह्मांड सच्चे मन से व्यक्त की गई आपकी कृतज्ञता और सराहना के स्पंदन का जवाब और अधिक प्रचुरता से देता है।

अपने जीवन के हर क्षेत्र में प्रचुरता को आकर्षित करने के लिए आप आकर्षण के सिद्धांत का उपयोग करें। यह प्रचुरता से भरा ब्रह्मांड है, यहाँ कोई सीमा नहीं है। जिस तरह कोई समुद्र के पास अगर पानी के लिए छोटा सा बरतन, कप, बाल्टी या कोई टैंकर लेकर चला जाए तो वह कोई परवाह नहीं करेगा। उसी तरह ब्रह्मांड भी परवाह नहीं करता।

प्रचुर प्रेम, आनंद, स्वास्थ्य, धन और खुशी आपके लिए हैं।
वे आपके प्राकृतिक अधिकार हैं।
आपको बस, उनके लिए दावेदारी करनी है।

आपको मिल सकता है वह सब, जो आप चाहते हैं
अगर आप शिद्‌दत से चाहें तो, आप बन सकते हैं वो,
जो आप बनना चाहते हैं, जो आप चाहते हैं
उसके लिए कीजिए कुछ भी, अगर आप इच्छा रखते हैं
बस-ध्येय-प्राप्ति की।

—अब्राहम लिंकन

□

7

उद्देश्य और जुनून

जीवन में अपने उद्देश्य और जुनून का पता लगाइए

हम में से प्रत्येक किसी खास वजह से पैदा हुआ है। हम सब यहाँ किसी-न-किसी वजह से हैं और हम सब यहाँ एक-दूसरे की सहायता के लिए हैं। हम शरीर में अलग-अलग कोशिकाओं की तरह हैं। हम में से हर एक अपना अभिनव कर्तव्य निभा रहा है और सब मिलकर सामूहिक रूप से सेवा कर रहे हैं। उद्देश्यपूर्ण जीवन ही इस बात की सच्ची अभिव्यक्ति है कि वास्तव में आप कौन हैं! यह विश्व को आपका उपहार है—और आपके पास देने के लिए जो कुछ है, विश्व को उसकी जरूरत है। जब आप किसी 'उद्देश्य' के साथ जी रहे हैं तो आप जो कुछ भी करेंगे, उसमें आपको अधिक संतुष्टि और खुशी मिलेगी। जब आप अपने उद्देश्य, जुनून और अपनी आंतरिक सच्चाई के अनुरूप जी रहे हों, तब यह ब्रह्मांड आपके सारे प्रयासों में आपकी सहायता करेगा।

जीवन का उद्देश्य एक उद्देश्यपूर्ण जीवन जीना है।
—रिचर्ड लेइडर

इसलिए, आप अपने अंदर झाँकने के लिए जरूर समय निकालें और अपने व्यक्तिगत मिशन एवं जीवन के उद्देश्य को पहचानें। यह

काम शांतिपूर्वक चिंतन, प्रार्थना और ध्यान से सबसे अच्छी तरह किया जा सकता है; लेकिन कुछ चीजें ऐसी हैं, जिन्हें आप तुरंत शुरू कर सकते हैं। इसकी शुरुआत आप इस तथ्य को स्वीकार करके कर सकते हैं कि दुर्घटनाएँ नहीं होतीं और यहाँ इस ग्रह पर आपकी जरूरत किसी वजह से है। इस जीवन में और इस विश्व में आपका एक उद्देश्य है और आपका योगदान महत्त्व रखता है।

हम में से अधिकतर के दिमाग में यह बात साफ नहीं होती कि हमारा उद्देश्य क्या है? हमने वास्तव में अपनी आत्मा को तलाशने और अपना सही उद्देश्य जानने के लिए समय ही नहीं लगाया है। हम बिलों, जिम्मेदारियों, काम-काज में फँसकर पटरी से उतर गए और इस बात का पता लगाने का भी बहुत कम समय छोड़ा कि आखिर क्या चीज है, जो वास्तव में हमें आनंद देती है? यह इस बात से समझौता है कि आप वास्तव में कौन हैं और आपके पास दुनिया को देने के लिए क्या है? आपको अपने जीवन में वास्तविक ध्येय की तलाश को प्राथमिकता देनी चाहिए। आप तब तक अपनी क्षमता का पूरा उपयोग नहीं कर रहे हैं या अपनी क्षमता भर योगदान नहीं दे रहे हैं, जब तक कि आप किसी उद्देश्य के साथ नहीं जी रहे हैं।

आपका सच्चा जुनून
साँस लेने जैसा महसूस होना चाहिए;
यह उतना ही कुदरती है।
—ओपरा विनफ्रे

यह इस तरह काम करता है। आपको पूरे जीवन भर आपके उद्देश्य के बारे में संकेत दिए जाते हैं। आपके पास पूरी तरह आपके अभिनव उपहार, प्रतिभा, रुचि, शक्ति और गुण हैं—और आपको उनका उपयोग

करना है। आपको जीवन में जिन चीजों से सबसे अधिक खुशी मिलती है और जो आपको जीवंत महसूस कराती हैं, वे आपके उद्‌देश्य के बारे में एक और सुराग देती हैं। कुल मिलाकर इसका जो अर्थ निकलता है, वह बहुत सीधा है—जिससे आपको आनंद मिलता है, आप वही करने के लिए बने हैं और आपके गुण एवं प्रतिभा विश्व को आपकी ओर से दिए जानेवाले योगदान के लिए हैं। उद्‌देश्य और आशय के साथ जिया जानेवाला जीवन ऐसा जीवन है, जो आपकी आत्मा को सम्मान देगा और उसे गहराई तक पोषित करेगा तथा साथ ही विश्व में अपने आसपास योगदान देगा।

आपके उद्‌देश्य की व्याख्या

अपने मन से किसी भी तरह के विकर्षण को निकाल बाहर करने के लिए शांति से थोड़ा समय बिताएँ। नीचे दी गई तकनीक आपके उद्‌देश्य को तार्किक ढंग से परिभाषित करने का एक तरीका है, लेकिन आप अंततः इन सवालों का जवाब प्रार्थना और ध्यान के माध्यम से प्राप्त विवेक का उपयोग कर देना चाहेंगे।

अपने जीवन के उन सभी क्षणों की सूची बनाना शुरू कीजिए, जब आपने अपने को बहुत जीवंत महसूस किया हो और आपको सच्ची खुशी मिली हो!

वे क्षण, जब मैंने सबसे अधिक जीवंत और प्रसन्न महसूस किया था—

____

____

____

____

____

____

____

____

____

____

____

इस सूची को ध्यान से देखें और स्वयं से पूछें कि इन सभी अनुभवों में कौन सी बात समान थी? इस पर ध्यान दें। यह समान बात इसका संकेत है कि आपको जीवन में किस चीज से आनंद मिलता है…और आपको किससे खुशी मिलती है, यह आपके जीवन के उद्देश्य की ओर संकेत करता है।

अब नीचे दिए गए प्रश्नों पर विचार करें और अपने जवाब लिखें।

मुझे मिले प्राकृतिक उपहार क्या हैं?

____

____

____

____

____

____

____

____

मेरे हुनर और मेरे गुण क्या हैं?

____

____

____

____

____

____

____

____

मैं क्या करना पसंद करती हूँ ?

मैं कब अपने को सबसे अधिक स्फूर्ति से भरपूर महसूस करती हूँ ?

मेरे अंदर किस बात के लिए जुनून है ?

किस बात से मुझे सबसे अधिक खुशी मिलती है ?

मुझे कब अपने बारे में सबसे अच्छा लगता है?

मेरी व्यक्तिगत शक्ति और गुण क्या हैं?

लोग मुझे किस चीज में अच्छा बताते हैं ?

और लोगों से कैसे बात करने में मुझे सबसे अच्छा लगता है ?

विश्व में ऐसा क्या है, जिसे मैं बदलना चाहूँगी ?

आपके इन सभी प्रश्नों के उत्तरों में कौन सी बात समान है ?

इन उत्तरों और आपने पहले जो सूची बनाई थी, उसमें कौन सी बात समान है ?

प्रार्थना व ध्यान लगाकर स्पष्टता, दैवी निर्देशन और प्रेरणा देने का आग्रह करें। यह भी आग्रह करें कि आपको बताएँ कि आप अपने गुणों और अपने अंदर की अच्छाई का कैसे सबसे अच्छा उपयोग करें—न केवल आजीविका कमाने के लिए, बल्कि विश्व के लिए कुछ अच्छा करने के लिए भी!

अब अपने प्रश्नों के उत्तरों और अपनी सूची को मिलाकर पूरी बात

दो या तीन वाक्यों में लिखें। आप अपने जीवन के उद्देश्यों को परिभाषित करने की प्रक्रिया में हैं—आपका व्यक्तिगत उद्देश्य और मूल्यों पर आधारित संकल्प इस बात पर निर्भर करेगा कि आप वस्तुतः कौन हैं और आपकी अभिनव रुचि, गुण, प्रतिभा एवं भावनाएँ कैसी हैं?

मेरे जीवन का उद्देश्य—

____

____

____

____

____

____

____

____

____

____

____

____

____

अपने जीवन के उद्देश्य का वक्तव्य तैयार कर आप परिभाषित कर रहे हैं कि आप कौन हैं, आप क्या बनना चाहते हैं और आप विश्व में कैसे दिखना चाहते हैं! अब खुले दिमाग से और पूरे दिल से उन संभावनाओं को देखें, जो पहले से ही मौजूद हैं। अपनी प्रार्थनाओं के जवाब सुनिए और उन विचारों, प्रेरणाओं एवं अवसरों के प्रति सजग हों, जो उपलब्ध हैं।

चीजों को जिस तरह होना है, वे बिल्कुल उसी तरह होने लगेंगी—और निर्धारित समय के अंदर उससे आपका सबसे अधिक हित होगा। अपनी प्रेरक सोच व विचारों का अनुसरण कीजिए और बड़े सपने देखिए। आपको यह जानने की जरूरत नहीं है कि आप किस तरह अपने ध्येय वक्तव्य को वास्तविकता में बदलेंगे? फिर भी, एक बार आपने अपने उद्देश्य को परिभाषित कर लिया, फिर उन विभिन्न संभावनाओं का स्वागत करें, जो आपके सामने आई हैं। आगे बढ़ने को तैयार रहें और ईश्वर को अपना काम करने दें।

अगर आप खुश होना चाहते हैं तो लक्ष्य निर्धारित करें,
जो आपके विचारों को निर्देशित करता हो,
आपकी ऊर्जा को आजाद करता हो
और आपकी उम्मीदों को प्रेरणा देता हो।

—एंड्रयू कार्नेगी

जब भी आप ऐसा कुछ रहे होते हैं, जो आप करना पसंद करते हैं और जिसके बारे में आपके मन में गहरी इच्छा है, तब ब्रह्मांड स्वत: ही आकर्षण के सिद्धांत के माध्यम से प्रतिक्रिया देता है और हर तरह से आपकी सहायता करता है। कल्पना कीजिए कि आपका जीवन और कार्य—दोनों सार्थक, सोद्देश्य और आवेश से भरपूर हों! कल्पना कीजिए कि वह सब करने में कितना अच्छा लगता है, जो आपको पसंद हो, जिसे करने में आपको आनंद आए, आर्थिक लाभ हो और जिससे विश्व में महत्त्वपूर्ण अंतर आए।

जीवन में वे ही लोग सबसे खुशहाल और सफल होते हैं, जो अपने गुणों और अपनी भावनाओं के अनुरूप ही अपना कॅरियर व अपना कामकाज करते हैं। ऐसा करके उन्होंने उन सभी विचारों, संसाधनों,

व्यक्तियों और धन को आकर्षित किया, जिसकी उन्हें अपने सपनों के अनुरूप जीवन बनाने के लिए जरूरत थी। उन्होंने अपने उद्देश्य की पहचानकर, अपने सपनों पर विश्वास करके और अपने ध्येय व आकांक्षाओं की ओर पूरे विश्वास के साथ आगे बढ़कर अपने जीवन में खुशी और प्रचुरता के लिए उससे मेल खाता स्पंदन सृजित किया।

जागरूक होकर 'उद्देश्य के साथ' जीना शुरू करें। जो कुछ आप करें, जिन गतिविधियों में आप भाग लें, वे सब आपकी खुशी, आपकी सबसे बड़ी सच्चाई और जीवन में आपके उद्देश्य के साथ मेल खाती हुई होनी चाहिए। अपने सच्चे गुण और प्रतिभा को विश्व से अब और मत छुपाइए। उद्देश्य और इरादे के साथ जिया जानेवाला जीवन हर स्तर पर संतुष्टि देता है। काम से आनंद मिलना चाहिए, जीवन से आनंद मिलना चाहिए और आपके पास देने के लिए जो कुछ भी है, विश्व को उन सब की जरूरत है। इस पृथ्वी पर आप किसी कारण से भेजे गए हैं और आपको उस कारण का सम्मान करना चाहिए। आप जो कुछ भी करें, वह आपके ध्येय और उत्साह से भरपूर हो और इसमें आपको सच्चे आनंद, प्रचुरता एवं सफलता का अनुभव (और आकर्षण) होगा।

जीवन को भावनाओं से परिपूर्ण और सार्थक बनाएँ।

जीवन को उद्देश्यपूर्ण बनाएँ।

आनंद प्राप्त करें।

जीतने के लिए एक गुण है जरूरी
और वह है एक निश्चित उद्देश्य,
यह पता होना कि वह क्या चाहता है,
और होना चाहिए उसे पाने का जुनून।

—नेपोलियन हिल

□

8

अपने सपनों को परिभाषित करें

आपके सपने क्या हैं ?

गहराई से सोचें कि आप अपने जीवन में क्या सृजित करना चाहते हैं ? अपने जीवन के विभिन्न पहलुओं पर विचार करें और इस बात पर ध्यान दें कि आप क्या करना चाहते हैं, इस बात पर नहीं कि आप क्या नहीं करना चाहते! अपने अंदर की सच्चाई, अपने वास्तविक सपनों, लक्ष्यों और आपके दिल की गहराइयों में छुपी इच्छाओं से नाता जोड़ें। उनका सम्मान कीजिए और उन्हें बिना किसी भय, शर्म अथवा झिझक के अपनाइए। आपके सपनों व इच्छाओं को किसी और की स्वीकृति की जरूरत नहीं है। वे आपके हैं और केवल आपके हैं; लेकिन उनको साकार करने के लिए आपको उनको परिभाषित करना होगा।

आप अपने जीवन में जो कुछ सच्चे दिल से पाना चाहते हैं, आप उसके हकदार हैं और आपके सभी सपने सही हैं, अगर वे आपके लिए महत्त्वपूर्ण हैं। आपका सपना भले ही कोई प्रेम संबंध हो या कोई नई कार, नया कौशल, छुट्टियों में घूमना या वित्तीय संपन्नता ही क्यों न हो, उससे कोई फर्क नहीं पड़ता। एक बात ध्यान रखिए, धन की कामना करने में कोई बुराई नहीं है, हालाँकि यह बात आम धारणा के विपरीत है। आपके बैंक में आपके पास अगर काफी धन होगा तो आप विश्व में बहुत से अच्छे काम कर सकते हैं। समस्या तब पैदा होती है, जब आपके

मन में धन के प्रति मोह पैदा हो जाए। इसलिए बस, याद रखें कि पाने के लिए आपको देना भी चाहिए और अपने इरादे बुलंद रखने चाहिए।

आपके सपने और आकांक्षाएँ ऐसी होनी चाहिए, जो आपके अंदर जुनून पैदा करें—और यह जुनून आपको न केवल उन्हें हासिल करने के लिए प्रेरित करेगा, बल्कि वह विश्व में सकारात्मक स्पंदन आवृत्ति भी भेजेगा। स्वाभाविक है कि आकर्षण के सिद्धांत के माध्यम से ब्रह्मांड उसी के अनुरूप प्रतिक्रिया देगा।

याद रहे, सबकुछ संभव है। भविष्य के अपने सपनों को सीमित न करें या उनमें किसी तरह की कटौती न करें। आप अपने पर विश्वास कीजिए और इस बात पर विश्वास कीजिए कि आप इसके लायक हैं। अपने सभी कार्यों, सपनों, लक्ष्यों और आकांक्षाओं को अपने जीवन के उद्देश्य के अनुरूप रखें। निर्णय कीजिए कि आप अपना भविष्य कैसा चाहते हैं?

हमारा एक सपना होना चाहिए,
अगर करना चाहते हैं
हम सपने को साकार।
—डेनिस वेटले

आपके जीवन में सात महत्त्वपूर्ण क्षेत्र होते हैं, जिन पर आप उस समय विचार करना चाहेंगे, जब आप अपने लक्ष्यों और सपनों को परिभाषित करना शुरू करेंगे।

जीवन के सात मुख्य क्षेत्र—

व्यक्तिगत लक्ष्य (चीजें, जो आप करना चाहते हैं, जो होगा और जो है…)

संबंध (मित्र, परिवार, प्रेम संबंध, सहकर्मी…)

स्वास्थ्य और शरीर (स्वास्थ्य, सेहत, शरीर की छवि…)

कॅरियर और शिक्षा (रोजगार, स्कूल, कॅरियर के लक्ष्य…)

मनोरंजन (खेल, शौक, आनंद, छुट्टियाँ…)

वित्तीय (आय, बचत, निवेश…)

योगदान (धर्मार्थ, सामुदायिक सेवा…)।

क्या आपको पता है कि आपके व्यक्तिगत लक्ष्य और आकांक्षाएँ क्या हैं? क्या आपने अपने जीवन के उद्देश्य का पता लगा लिया है? ऐसा क्या है, जो आप करना पसंद करते हैं? आप में किस बात का जुनून है? आप क्या करना चाहते हैं? आप कहाँ जाना चाहते हैं? आप क्या बनना चाहते हैं? आप औरों को कैसे दे सकते हैं? क्या बात आपके दिमाग में आ रही है? आपके इरादे क्या हैं?

दुर्भाग्य की बात है कि हम लोगों में से अधिकतर ने इन सवालों पर बहुत कम समय दिया और इन पर बहुत कम सोचा-विचारा। हम अपने रोज के कामकाज में इस कदर फँस गए कि हमने इसके लिए समय ही नहीं निकाला। हमें उन चीजों की सूची बनाने में महारत हासिल है, जो सही नहीं चल रही हैं और जिनके बारे में हमें किसी तरह की शिकायत

है। इस तरह, हमारे समक्ष यह तो बहुत स्पष्ट है कि हम क्या नहीं चाहते, लेकिन हमने इस बात पर ध्यान नहीं दिया कि हम क्या चाहते हैं? आप अपने जीवन में जो कुछ चाहते हैं, उसे आकर्षित करने के लिए पहले आपको समय निकालकर इस बात का साफ-साफ पता लगाना होगा कि आपके सपने क्या हैं और आपकी आकांक्षाएँ क्या हैं?

वह व्यक्ति, जो नहीं जानता कि
कहाँ वह चाहता है जाना,
नहीं है उसके अनुकूल कोई माहौल।
—सेनेका

इसे इस तरह से समझें। जब आप अपने यहाँ कॉफी शॉप में जाते हैं और वहाँ ऑर्डर देते हैं, तब क्या आप कहते हैं, 'मुझे चाय नहीं चाहिए' या 'मुझे एक्सप्रेसो कॉफी नहीं चाहिए' या 'मुझे कापुचिनो नहीं चाहिए'? बिल्कुल नहीं। आप कहते हैं—बड़ा कप, नॉन फैट मोचा (एक तरह की कॉफी), ईजी चॉकलेट, अच्छी तरह फेंटी हुई क्रीम—आप बिल्कुल स्पष्ट तरीके से यह बताते हैं कि आपको क्या-क्या चाहिए और किस तरह का चाहिए! आपको इस बात का भी पूरा विश्वास रहता है कि आपने जो कुछ ऑर्डर दिया है, आपको बिल्कुल वही मिलेगा।

आकर्षण के सिद्धांत के साथ तालमेल बिठाकर काम करने के लिए आपको अपने जीवन में भी इसी तरह के स्पष्ट आदेश देने होंगे। आपको अपने लक्ष्य स्पष्ट करने होंगे और बिल्कुल सटीक होना होगा। जीवन में जो कुछ भी मिल जाए, उससे ही संतुष्ट हो जाने की प्रवृत्ति छोड़ दीजिए और इस तथ्य को स्वीकार कीजिए कि आप अपनी आकांक्षाओं को स्पष्ट रूप से बताकर अपने भविष्य के निर्माण में सक्रिय भागीदारी कर सकते हैं।

मूल बात यह है कि अगर आपको यह ही स्पष्ट नहीं पता है कि आप वास्तव में क्या चाहते हैं तो आप उसे पाने की उम्मीद कैसे कर सकते हैं? इसलिए यह महत्त्वपूर्ण है कि आप यह तय करने के लिए समय निकालें कि आप अपने जीवन में वस्तुतः क्या आकर्षित करना चाहते हैं? उसे लिख लें और उसके बारे में आप बिल्कुल स्पष्ट हो जाएँ।

अपने लक्ष्य की ओर बढ़ने से पहले
आपको स्पष्ट और विशेष रूप से
पता होना चाहिए अपना लक्ष्य।
मन में उसे तब तक बिठाए रखिए
जब तक कि आप उसे पा न लें।

—लेस ब्राउन

अपने सपनों की सूची बनाएँ

आपके सपनों की सूची में आपके सपनों, लक्ष्यों और आकांक्षाओं का विस्तृत विवरण होना चाहिए। इससे यह पता चलना चाहिए कि आप क्या बनना चाहते हैं, क्या करते हैं, क्या हैं और अपने जीवन के सभी क्षेत्रों में क्या हासिल करना चाहते हैं? बाद में आप अपनी सूची की प्राथमिकता तय करना चाहेंगे और अपना ध्यान कुछ चीजों पर केंद्रित करना चाहेंगे, लेकिन अभी के लिए यह सबसे सही है कि आप आगे बढ़िए और व्यापक परिदृश्य पर नजर डालिए। कुछ ऐसी तकनीकें हैं, जिनका उपयोग कर आप अपनी इच्छाओं का पता लगा सकते हैं और अपने लक्ष्य को स्पष्ट कर सकते हैं।

पहली तकनीक है 'टी चार्ट' बनाना। इस तरह का चार्ट (हमने

जो उदाहरण दिया है, उसे देखें) सिर्फ़ जल्दी से यह नजर डालकर कि आप क्या नहीं चाहते, यह पता लगाने का बहुत ही प्रभावी तरीका है कि आप अपने जीवन में क्या चाहते हैं? अपने जीवन के सातों क्षेत्रों के बारे में विचार करें। एक बार में एक क्षेत्र पर ध्यान दीजिए, जैसे—कॅरियर, व्यक्तिगत लक्ष्य या संबंध और तय कीजिए कि उस विशेष क्षेत्र में आपका विषय कौन सा है? उदाहरण के लिए, अपने जीवन में संबंध की श्रेणी में आप संभवत: इस बात पर ध्यान केंद्रित करना चाहते हैं कि 'मेरा आदर्श प्रेमपूर्ण संबंध' और एक कॉलम में यह लिखना शुरू कीजिए कि आप अपने उस रिश्ते में क्या नहीं चाहते और उसके बाद दूसरे कॉलम में यह बताते हुए बिल्कुल विपरीत बातें लिखिए कि आप क्या चाहते हैं!

आपको सुझाव दूँगा कि अपने जीवन के प्रत्येक क्षेत्र के लिए टी चार्ट बनाएँ और उसमें बाईं तरफ इस बात की सूची बनाएँ कि आप अपने जीवन में क्या नहीं चाहते और फिर दाईं तरफ इस बात की सूची बनाएँ कि आप क्या चाहते हैं। यह सब सकारात्मक तरीके से लिखें। आगे के पृष्ठों में आपके जीवन के हर क्षेत्र के लिए चार्ट हैं।

इस तरह, यह इस बात का उदाहरण है कि शुरू इस बात से करें कि आप क्या नहीं चाहते। यह बात स्पष्ट करने के लिए कि आप अपने जीवन में क्या आकर्षित करना चाहते हैं, प्राय: इस बात पर नजर डालने से सहायता मिलती है कि आप क्या नहीं चाहते हैं?

इस तरह के चार्ट का उदाहरण नीचे दिया गया है—

विषय—

संबंध	मेरा आदर्श प्रेम संबंध

मैं क्या नहीं चाहता।	मैं क्या चाहता हूँ?
ऐसा, जो पूरे सप्ताहांत टी.वी. देख बिताए।	कोई ऐसा, जो फुरती से भरी जीवन-शैली अपनाए।
सिगरेट या शराब पीनेवाला।	कोई ऐसा, जो अपने स्वास्थ्य का ध्यान रखे।
गुस्सैल और भला-बुरा कहनेवाला।	दयालु और उदार हृदयवाला व्यक्ति।

अगले पृष्ठों में दिए गए चार्टों का उपयोग अपने जीवन के सातों क्षेत्रों के लिए कीजिए। इससे आपके लक्ष्यों और आकांक्षाओं का स्पष्ट पता लगाने में मदद मिलेगी। जब आप उन्हें पूरा कर लें तो पृष्ठ पलटकर प्रत्येक चार्ट के बाईं ओर की 'नहीं चाहिए' की सूची को काट दीजिए। अब से हर सूची की दाईं ओर की सूची का ही उपयोग करें और आप जीवन में जो कुछ चाहते हैं, बस, उस पर अपना ध्यान केंद्रित करें। आपको जो नहीं चाहिए, उसपर और ध्यान देने या अपनी ऊर्जा खर्च करने की जरूरत नहीं है। आपको बता दें कि 'जो नहीं चाहिए' वाली सूची को काट देने का साधारण-सा कार्य भी आपको सशक्त बनाएगा और ऐसा करने से अच्छा लगेगा।

जब आप यह काम पूरा कर लें, तब आप जो कुछ चाहते हैं, उसकी सभी सूचियों को मिलाकर एक सूची बना लें। इसके लिए आप

सपनों की सूची वाले पृष्ठ का उपयोग कर सकते हैं या एक अलग कागज पर ऐसा कर सकते हैं। ध्यान रहे कि अपने सपनों और लक्ष्यों को लिखते समय पूरे-पूरे वाक्यों का प्रयोग करें और उनकी व्याख्या के लिए कुछ स्थान भी छोड़ें।

यह आपके सपनों की सूची की शुरुआत है। इन पृष्ठों को भरकर आप उनको हासिल करने की दिशा में एक कदम और नजदीक चले जाएँगे।

स्पष्टता शक्ति है।
—बकमिंस्टर फुलर

जब आप अपने सपनों की सूची बनाएँगे, तब आप उसे बिल्कुल ठीक से बनाना चाहेंगे। उदाहरण के लिए, आप अपने सपनों का घर लेते समय ऐसा घर नहीं लेना चाहेंगे, जिसकी कीमत आप वास्तव में अदा ही न कर पाएँ। आप अपने वित्तीय लक्ष्यों को स्पष्ट करना भूल गए··· इसलिए जितना संभव हो, उतना स्पष्ट और विस्तृत विवरण दें। एक बार आपने अंतिम रूप दे दिया, उसके बाद कुछ सवाल रह जाएँगे, जिन पर आप अपने सपनों का विवरण देते समय विचार करना चाहेंगे। इसलिए पृष्ठ संख्या···पर दिए गए प्रश्नों की समीक्षा करने के लिए थोड़ा समय दें और अपने सपनों की सूची में जरूरत के अनुरूप कुछ जोड़ें।

आपके जीवन और आपके सपनों की सूची के सातों मुख्य क्षेत्रों के लिए यहाँ चार्ट दिए गए हैं—

विषय—

व्यक्तिगत लक्ष्य

मैं क्या नहीं चाहता?	मैं क्या चाहता हूँ?

विषय—

व्यक्तिगत लक्ष्य

मैं क्या नहीं चाहता ?	मैं क्या चाहता हूँ ?

विषय—

संबंध

मैं क्या नहीं चाहता ?	मैं क्या चाहता हूँ ?

विषय—

स्वास्थ्य और शरीर

मैं क्या नहीं चाहता ?	मैं क्या चाहता हूँ ?

विषय—

स्वास्थ्य और शरीर

मैं क्या नहीं चाहता ?	मैं क्या चाहता हूँ ?

विषय—

कॅरियर और शिक्षा

मैं क्या नहीं चाहता ?	मैं क्या चाहता हूँ ?

विषय—

कॅरियर और शिक्षा

मैं क्या नहीं चाहता ?	मैं क्या चाहता हूँ ?

विषय—

मनोरंजन

मैं क्या नहीं चाहता ?	मैं क्या चाहता हूँ ?

विषय—

मनोरंजन

मैं क्या नहीं चाहता?	मैं क्या चाहता हूँ?

विषय—

वित्तीय

मैं क्या नहीं चाहता ?	मैं क्या चाहता हूँ ?

विषय—

वित्तीय

मैं क्या नहीं चाहता ?	मैं क्या चाहता हूँ ?

विषय—

योगदान

मैं क्या नहीं चाहता ?	मैं क्या चाहता हूँ ?

विषय—

योगदान

मैं क्या नहीं चाहता ?	मैं क्या चाहता हूँ ?

मेरे सपनों की सूची

पृष्ठ 1

मेरे सपनों की सूची

पृष्ठ 2

मेरे सपनों की सूची

पृष्ठ 3

अब आप खुद से नीचे लिखे प्रश्न पूछिए—

- मेरे जीवन का उद्देश्य क्या है?
- मेरे सपने क्या हैं?
- मेरे लक्ष्य क्या हैं?
- मैं किस चीज के लिए आभारी हूँ?
- किस बात से मुझे प्रसन्नता होती है?
- मैं व्यक्तित्व का विकास कैसे करना चाहूँगा?
- मैं आध्यात्मिकता का विकास कैसे करना चाहूँगा?
- मेरा आदर्श संबंध कैसा होना चाहिए?
- मेरा आदर्श पारिवारिक जीवन कैसा होना चाहिए?
- ऐसा क्या है, जो मैंने हमेशा करना चाहा?
- मेरे जीवन में ऐसा क्या है, जो मैं और चाहता हूँ?
- मैं अपने जीवन में और क्या चीज ज्यादा करना चाहता हूँ?
- मैं कहाँ की यात्रा करना चाहूँगा?
- मैं कहाँ रहना चाहूँगा?
- मेरे सपनों का घर कैसा होना चाहिए?
- अपने लिए मैं कौन सा कॅरियर चुनूँगा या सृजित करूँगा?
- मेरे वित्तीय लक्ष्य क्या हैं?
- मैं अपने समुदाय को बदले में क्या दे सकता हूँ?
- किस तरह की समाज-सेवा या धर्मार्थ कार्यों से मैं जुड़ना चाहूँगा?
- अगर मैं इस विश्व को बदल पाता तो इसे कैसे बेहतर स्थान बना पाता?

पिछले पृष्ठ पर दिए प्रश्न आपको प्रेरित कर सकते हैं और आपको किसी और सपने, लक्ष्य एवं आकांक्षा का पता लगाने में मदद कर सकते हैं। समय लीजिए, इन प्रश्नों पर गंभीरता से चिंतन-मनन कीजिए और इनमें से किसी का भी जवाब आप चाहें तो अपने सपनों की सूची में जोड़ लें।

सफलता का पहला सिद्धांत है आकांक्षा—
यह जानना कि आप क्या चाहते हैं?
आकांक्षा है बीज का रोपण।
—रॉबर्ट कॉलियर

101 लक्ष्यों की सूची

आपके सपनों और लक्ष्यों की कोई सीमा नहीं है। पूरा विश्व आपके लिए प्रतीक्षा कर रहा है। यह एक प्रेरणा देनेवाली तकनीक है, जिसका आप संभवतः उपयोग करना चाहेंगे। कुछ अधिक दीर्घकालिक लक्ष्यों और सपनों को स्पष्ट करने के लिए एक प्रमुख तरीका ऐसे 101 लक्ष्यों की सूची बनाना है, जिन्हें आप मरने से पहले पूरा करना चाहते हैं—101 चीजें, जो आप करना चाहते हैं, आपके पास हैं, होंगी या होनी चाहिए।

साहसिक कारनामे करनेवाले विश्व-प्रसिद्ध जॉन गोडार्ड ने पंद्रह वर्ष की उम्र में ऐसे 127 लक्ष्यों की सूची बनाई थी, जिन्हें वह मरने से पहले पूरा कर लेना चाहते हैं। इनमें ग्रेट पिरामिड देखने जाना, स्कूबा डाइव सीखना, चीन की दीवार देखना, माउंट किलिमंजारो पर चढ़ाई करना और संपूर्ण इनसाइक्लोपीडिया ऑफ ब्रिटैनिका पढ़ना शामिल है। वह अभी अपने जीवन के सातवें दशक में हैं और उन्होंने अपनी सूची के 109 लक्ष्यों को हासिल कर लिया है।

नोट्रे डेम के पूर्व फुटबॉल कोच लोउ होल्ट्ज जब बीस वर्ष से कुछ

अधिक की उम्र के थे, तब उन्होंने अपने लिए ऐसे 108 लक्ष्य लिखे थे, जिन्हें वह हासिल करना चाहते थे। इन लक्ष्यों में राष्ट्रीय चैंपियनशिप जीतना, व्हाइट हाउस में रात्रिभोज करना, पोप से मिलना और विमान वाहक जहाज पर विमान उतारना शामिल हैं। वह भी अपने जीवन के सातवें दशक में हैं और उन्होंने अपने लक्ष्यों में से 102 लक्ष्य हासिल कर लिये हैं।

इन दोनों प्रकरणों से प्रेरित होकर मैंने सत्रह साल पहले 109 लक्ष्यों की एक सूची बनाई थी। मैंने अब तक इनमें से 63 लक्ष्य हासिल कर लिये हैं। मैंने जिन लक्ष्यों को हासिल कर लिया है, उनमें एक मिनट में 50 शब्द टाइप करने से लेकर फिल्म में काम करना, स्की एवं विंडसर्फ सीखना, एक लोकप्रिय पुस्तक लिखना, विभिन्न आकर्षक स्थलों की यात्रा करना, अपने सपनों का घर खरीदना और समाचार-पत्र में कॉलम लिखना शामिल हैं।

अपने 101 लक्ष्यों की सूची बनाकर (आगे के पृष्ठों पर दिए चार्ट देखें) और लगभग हर सप्ताह उसकी समीक्षा करके आप आकर्षण के सिद्धांत को ऐसी परिस्थितियाँ बनाने के लिए सक्रिय कर देंगे, जो आपके लक्ष्य हासिल करने में सहायक होंगी। आप अपने जीवन में होनेवाली सभी चमत्कारिक घटनाओं पर ध्यान देने लगेंगे। कुछ लक्ष्यों को हासिल करने में औरों के मुकाबले अधिक समय लगता है; लेकिन देर-सबेर वे सभी हासिल हो जाते हैं। आपके जीवन भर के लक्ष्यों की यह सूची आपके सपनों की सूची में कुछ और भी बातें जोड़ सकती है।

आप सफल हो जाते हैं,
जब भी आप बढ़ना शुरू कर देते हैं
किसी उपयुक्त लक्ष्य की ओर।
—चक कार्लसन

एक बात और; आपके लक्ष्य और सपने अगर आपके साथ ही औरों को भी फायदा पहुँचाते हैं तो आपके उद्‌देश्य का स्पंदन और अधिक आवृत्ति के साथ गुंजायमान होता है। वे तरीके सोचिए, जिनसे आप अपने परिवार, मित्रों और समुदाय की भलाई में योगदान दे सकें। ऐसे किसी कारण का पता लगाइए, जो वास्तव में आपको व्यक्तिगत तौर पर अपील करता हो और उससे जुड़ जाइए। अपना समय और दान के लिए कुछ राशि निकालना शुरू कीजिए। और चूँकि हम सब आपस में जुड़े हुए हैं, औरों से किया गया आपका वादा वास्तव में अपने से किया गया वादा भी है।

जब आप अपने 101 लक्ष्यों की सूची में से विभिन्न लक्ष्य हासिल करने लगेंगे, तब आप उन पर विशेष ध्यान देना चाहेंगे या उनके पूरा होने की तिथि नोट करना चाहेंगे। यह कार्य अपने आप में ही शक्ति प्रदान करता है और यह इस बात को स्वीकार करने का भी एक तरीका है कि आकर्षण का सिद्धांत आपके जीवन में काम कर रहा है।

मेरे जीवन के 101 लक्ष्य

1 ______

2 ______

3 ______

4 ______

5 ______

6 ______

7 ______

8 ______

9 ______

10 ______

11 ______

12 ______

13 ______

मेरे जीवन के 101 लक्ष्य

14

15

16

17

18

19

20

21

22

23

24

25

26

मेरे जीवन के 101 लक्ष्य

27

28

29

30

31

32

33

34

35

36

37

38

39

मेरे जीवन के 101 लक्ष्य

40 ______

41 ______

42 ______

43 ______

44 ______

45 ______

46 ______

47 ______

48 ______

49 ______

50 ______

51 ______

52 ______

मेरे जीवन के 101 लक्ष्य

53

54

55

56

57

58

59

60

61

62

63

64

65

मेरे जीवन के 101 लक्ष्य

66

67

68

69

70

71

72

73

74

75

76

77

मेरे जीवन के 101 लक्ष्य

78

79

80

81

82

83

84

85

86

87

88

89

मेरे जीवन के 101 लक्ष्य

90

91

92

93

94

95

96

97

98

99

100

101

दूरदर्शिता कला है
अदृश्य को देखने की।
—जोनाथन स्विफ्ट

अब तक आपके पास अपने सपनों की एक अच्छी-खासी सूची तैयार हो चुकी होगी। आप अपने जीवन के प्रत्येक क्षेत्र के विशिष्ट लक्ष्यों पर नजर डाल चुके होंगे और आपने अपने जीवन भर के लक्ष्यों को भी देख लिया होगा। आपने अपने उद्देश्य और सपनों की भी पहचान कर ली होगी। स्पष्ट शब्दों में कहें तो आप समझ गए होंगे कि अपने जीवन को आप क्या रूप देना चाहते हैं? हो सकता है कि आपके कुछ उद्देश्य अल्पकालिक हों, जैसे 25 पौंड वजन कम करना या इटली में छुट्टियाँ बिताना। अन्य लक्ष्य दीर्घकालिक हो सकते हैं, जैसे शिक्षा-पद्धति में बदलाव लाना, अपने समुदाय में पर्यावरण के प्रति जागरूकता पैदा करना या धनवान् बनना।

अपने सपनों की सूची में प्राथमिकता तय करें

अब अपने सपनों की सूची में प्राथमिकता तय करने के लिए कुछ समय निकालें। सोचें कि कौन से लक्ष्य और सपने आपके व्यक्तिगत मिशन वक्तव्य से सबसे अधिक मिलते-जुलते हैं और उनमें से कौन से इस समय आपके जीवन में सबसे अधिक महत्त्व रखते हैं? उनको रेखांकित करें। अभी अपना पूरा ध्यान उन्हीं लक्ष्यों और सपनों पर केंद्रित करें, जिन पर आप पहले काम करना चाहते हैं। आपकी केंद्रित सोच और ऊर्जा से उन लक्ष्यों एवं सपनों को अभिव्यक्त करना आसान हो जाएगा।

आप अपनी शेष बची सूची पर वापस लौट आएँ। सूची तैयार करने के असली कार्य से ब्रह्मांड में संदेश जा चुका है—लेकिन इस समय उन चीजों से शुरुआत करें, जो आपके जीवन में सबसे अधिक मायने रखती हैं। याद रहे कि समय के साथ हो सकता है कि आपके सपने एवं लक्ष्य

बदल जाएँ और कुछ विकसित कर जाएँ—और जैसे-जैसे आप बड़े होते जाएँ तथा अधिक उपलब्धि हासिल करते जाएँ, वैसे-वैसे संभवत: आपके लक्ष्य भी बढ़ते जाएँ।

अगर आप अपनी पसंद को सीमित करते हैं केवल
उस तक, जो संभव और तर्कसंगत है तो आप
अपने को काट लेते हैं उससे, जो आप वास्तव में चाहते हैं,
और जो कुछ रह जाता है, वह है बस समझौता।

—रॉबर्ट फ्रिट्ज

बड़े सपने देखो!

व्यावहारिकता और संभावनाओं को देखते हुए अपने सपनों व परिकल्पनाओं में कटौती मत कीजिए। आपको अपने लक्ष्यों की पूर्ति की दिशा में हर एक कदम के बारे में पूरी जानकारी होना जरूरी नहीं है। बस, तय कीजिए कि आप क्या चाहते हैं? इतना जानें कि आप इसके हकदार हैं। विश्वास कीजिए, आप ऐसा कर सकते हैं और फिर शुरू कर दें और इसे होने दें। अपने को असीम संभावनाओं के लिए तैयार कीजिए। देखिए, चमत्कार होंगे।

अब इस संभावना पर विचार कीजिए, अगर आप स्वयं ही सबकुछ कर पाते हैं, तब आपका सपना संभवत: बहुत बड़ा नहीं है।

आपने अपने सपनों की सूची तैयार की है।

आपने ब्रह्मांड को अपना ऑर्डर दे दिया है।

यह भविष्य के लिए आपका लिखित अनुरोध है।

हमारे सारे सपने सच हो सकते हैं,
अगर हमारे अंदर साहस है उनके लिए काम करने का।

—वॉल्ट डिज्नी

□

9

आकर्षण के सिद्धांत को जीना

आकर्षण के सिद्धांत को जीने की दिशा में पहला कदम है, यह समझना कि यह हमारे जीवन में किस तरह काम करता है?

पिछले अध्यायों में हमने न केवल आकर्षण का सिद्धांत और यह हमारे जीवन में किस तरह काम करता है, इस पर चर्चा की, बल्कि हमने इस पर भी नजर डाली कि हम कौन हैं, हम क्या हैं, ब्रह्मांड के सूत्रों से हमारा संपर्क क्या है और हमने अपने जीवन को बनाने में अब तक क्या भूमिका अदा की है? हमने इस पर भी चर्चा की है कि हमारे विचारों और हमारी भावनाओं में कितनी शक्ति है? हमने नकारात्मकता को त्यागने और भावनाओं को आकर्षण के सकारात्मक स्तर पर रखने पर भी विचार किया, ताकि हमारे सपनों और आकांक्षाओं के अनुरूप स्पंदन पैदा हो सके। हमने अवचेतन मन की चामत्कारिक फुरती को स्वीकार किया है और उसकी असीम क्षमता के उपयोग का महत्त्व समझा है, ताकि उस जीवन को आकर्षित और सृजित किया जा सके, जिसके बारे में हमने सपने देखे हैं। हमने अपने उद्देश्यों, सपनों एवं लक्ष्यों को परिभाषित किया और यह भी स्पष्ट किया कि वह क्या है, जो हम अपने जीवन में आकर्षित करना चाहते हैं?

अब चूँकि आप थोड़ा-बहुत समझ गए हैं कि आप आकर्षण के सिद्धांत की प्रक्रिया में किस तरह भागीदारी करते हैं, आप हर उस चीज

की जिम्मेदारी ले सकते हैं, जो आप अभी अपने जीवन में आकर्षित करने की प्रक्रिया में हैं। चूँकि आपको पता है कि अपने जीवन को बनाने में आपकी क्या भूमिका है, आप दुर्घटनावश या संयोगवश अपने भविष्य का निर्माण नहीं कर सकते। इस बात को अपने मन में बिठा लें, क्योंकि यह क्षण आपका है, आपके सचेत होकर और उद्देश्यपूर्ण तरीके से शुरुआत करने का और अपने वांछित भविष्य के निर्माण में सोच-समझकर भागीदारी करने का समय है।

अब तक आपको यह स्पष्ट हो चुका होगा कि आप कौन हैं, आप क्या बनना चाहते हैं और आप अपने जीवन में कहाँ जाना चाहते हैं? आपके सामने यह स्पष्ट हो चुका होगा कि आप क्या करना चाहते हैं, क्या हैं और क्या होगा? आपके दिमाग में अब वास्तव में एक वांछित परिणाम होगा, एक गंतव्य होगा और यह वांछित परिणाम ही है, जिस पर आप ध्यान केंद्रित करना चाहेंगे। यह बहुत कुछ आपके चुने हुए गंतव्य के लिए आंतरिक जी.पी.एस. प्रणाली की प्रोग्रामिंग करने की तरह है। अब चूँकि आपको पता है कि आप कहाँ जाना चाहते हैं, ब्रह्मांड आकर्षण के सिद्धांत के माध्यम से वहाँ के लिए आपका मार्गदर्शन करेगा।

अपना भविष्य बनाइए
अपने भविष्य से,
अपने अतीत से नहीं।
—वर्नर एरहार्ड

आकर्षण के सिद्धांत को जीने के लिए उपकरण

आगे के अध्यायों में हम उन विभिन्न तरीकों और उपकरणों के बारे में चर्चा करेंगे, जो आपको आनंद और सकारात्मक ऊर्जा की स्थिति का निर्माण करने और उसे लगातार बनाए रखने में मदद करेंगे। आपके

अवचेतन मन से आपका संपर्क बनाने और उसे मजबूत करने तथा आपके सकारात्मक विचारों और भावनाओं को प्रेरित करने के लिए हम आपको बहुत सी तकनीकें बताएँगे। इस भाग में हम प्रार्थना और ध्यान, दृढ़ निश्चय, परिकल्पना, दृष्टिकोण, सराहना, कार्य और विश्वास पर भी चर्चा करेंगे। हम यह भी बताएँगे कि आप अपने जीवन में जो कुछ आकर्षित करना चाहते हैं, उसके अनुरूप स्पंदन सक्रिय रूप से कैसे पैदा कर सकते हैं?

ये उपकरण और तकनीकें आपको अपने जीवन में आवश्यक परिवर्तन करने में सहायता करेंगे। इसके अलावा, वे आपको आपके अवचेतन मन की शक्ति के साथ ही ब्रह्मांड की शक्ति का भी उपयोग करने में सहायता करेंगे।

अब समय आ गया है कि आप अपनी नई सकारात्मक भावनाओं, विचारों, तरीकों और विश्वास का समावेश करें। यह समय है कि आप अपने इच्छित भविष्य पर ध्यान दें। इससे जो भावनाएँ उठती हैं, उन्हें महसूस करें और विश्वास करें कि यह संभव है।

अब समय आ गया है कि आप आकर्षण के सिद्धांत को जीवन में उतारें। अब समय आ गया है कि आप अपने सपनों का जीवन जिएँ।

बड़ा कुछ संपन्न करने को हमें सिर्फ
काम ही नहीं करना चाहिए, बल्कि सपने भी देखने चाहिए;
केवल योजनाएँ ही नहीं बनानी चाहिए, बल्कि विश्वास भी
करना चाहिए।

—एनातोले फ्रांस

□

10

दृढ़ निश्चय

आप अपने जीवन में जो कुछ आकर्षित करना चाहते हैं, उसके अनुकूल स्पंदन सृजित करने के लिए दृढ़ निश्चय सबसे प्रभावशाली उपायों में से एक है।

हर विचार, जो आपके मन में आता है और हर शब्द, जो आप बोलते हैं, वह स्वीकारोक्ति है। आपके विचार और शब्द इस बात की जानकारी देते हैं कि आपके विचार में आप कौन हैं और दुनिया कैसी हो, इस बारे में आपके क्या विचार हैं? हर बार जब आपके मन में कोई नकारात्मक विचार आता है या आप अपने को कमतर करनेवाली कोई टिप्पणी करते हैं, तब वास्तव में आप अपनी व्यक्तिगत सच्चाई के तौर पर इसकी पुष्टि कर रहे होते हैं। सकारात्मक विचारों और वक्तव्यों के मामले में भी यही बात लागू होती है।

मजबूत व सकारात्मक दृढ़ निश्चय आत्म-परिवर्तन का सशक्त माध्यम है और वे आपकी इच्छा के अनुरूप जीवन के सृजन में महत्त्वपूर्ण भूमिका निभाते हैं। वे आपके संकीर्ण विचारों, नकारात्मक विश्वासों और आत्म-प्रशंसा, जिसमें आप वर्षों से लिप्त रहे हैं और जिनका आपने अपने अंदर समावेशन किया है, की बजाय सकारात्मक वक्तव्यों को स्थान देते हैं, जो दृढ़ता से कहते हैं कि आप कैसे बनना चाहते हैं और आप कैसा जीवन चाहते हैं!

यहाँ लक्ष्य सकारात्मक, आत्म-दृढ़ता, आत्म-अधिकारिता से भरे

वक्तव्य को स्थान देना है, जिससे आपका मनोबल बढ़ता है और आपको प्रेरणा मिलती है, जो आपकी भावनात्मक स्थिति को बेहतर करता है। दो तरह के दृढ़ निश्चय होते हैं, जिनकी बात हम कर रहे हैं—सकारात्मक दृढ़ निश्चय और लक्ष्य विशेष संबंधी दृढ़ निश्चय।

पहले स्वयं से कहो कि तुम क्या बनोगे?
और फिर करो, जो करना है।

—एपिक्टेटस

सकारात्मक दृढ़ निश्चय

सकारात्मक दृढ़ता आपके अपने और आपके जीवन के बारे में आपके सकारात्मक विश्वासों की केवल पुष्टि करती है।

सकारात्मक दृढ़ निश्चय के उदाहरण—

मेरा जीवन हर तरह से समृद्ध है।
मैं जो करता हूँ, उसमें सफलता मिलती है।
मेरा जीवन प्रेम और सुंदरता से भरा हुआ है।
मैं अपने जीवन के हर अनुभव के लिए आभारी हूँ।
दैवी शक्ति मेरा मार्गदर्शन करती है और मेरी रक्षा करती है।
मैं अपने जीवन में आनंद को आकर्षित करता हूँ।
मैं जीवित रहने को उत्सुक हूँ।
मैं विश्वास करता हूँ कि सबकुछ संभव है।
मुझे लोग प्रेम करते हैं।
मैं कुछ भी कर सकता हूँ।
मैं इस विश्व में कुछ अलग करता हूँ।

आप क्या बनना चाहते हैं और आप कैसा महसूस करना चाहते हैं, इस बारे में ये सीधी-सादी घोषणाएँ बहुत सशक्त होती हैं और वे उन नकारात्मक व संकीर्ण विश्वासों को ध्वस्त कर देती हैं, जो आपने अतीत में अपने अंदर पाल रखे होंगे। पुराने अवचेतन में पल रहे आपके नकारात्मक विचारों की वास्तव में इन सकारात्मक स्वीकारोक्तियों का उपयोग कर रिप्रोग्रामिंग कर दी जाती है और उनका स्थान मजबूत सकारात्मक भावनाएँ व छवियाँ ले लेती हैं।

आप अपने सकारात्मक दृढ़ निश्चयों को तय करना चाहेंगे और दैनिक आधार पर उनका उपयोग करना चाहेंगे। हमने आगे के पृष्ठों में इसके लिए स्थान बनाया है, जहाँ आप इन्हें लिखेंगे। अपने सभी दृढ़ निश्चयों को जब आप दिन में कई बार पढ़ेंगे और उन्हें दोहराएँगे, तब आपको सबसे अच्छे परिणाम मिलेंगे। इस पर लगातार अटल रहें—सामान्यत: आपकी सोचने की प्रवृत्ति को बदलने में तीस दिन लगते हैं। अपने दृढ़ निश्चयों को पूरी भावना के साथ जोर से बोलें और फिर उनसे जो भावना पैदा होती है, उसे महसूस करें।

लगातार दोहराने से
पैदा होता है विश्वास।

—रॉबर्ट को. लियर

और अच्छे परिणाम के लिए आप आईने में सीधे अपनी आँखों में देखकर उन्हें दोहरा सकते हैं। बताइए कि आप कितने अच्छे हैं और आपका जीवन कितना महान् है! इसे महसूस कीजिए, इस पर विश्वास कीजिए और इसे पूरी तरह स्वीकार कीजिए। आप अपनी आत्म-छवि का पुनर्निर्माण कर रहे हैं, सकारात्मक रुख बना रहे हैं और एक अधिक सकारात्मक विश्वास की प्रणाली का समावेश कर रहे हैं।

लक्ष्य विशेष से जुड़े दृढ़ निश्चय

लक्ष्य विशेष से जुड़े दृढ़ निश्चय आपके विशिष्ट सपनों, आकांक्षाओं और लक्ष्यों को पूरा हुआ मानते हुए उनकी पुष्टि करते हैं।

ये दृढ़ निश्चय ऐसे वक्तव्य हैं, जो किसी लक्ष्य को पूरा हो जाने की स्थिति में दरशाते हैं, जैसे—"मैं अपना वजन घट जाने और अपने शरीर के बिल्कुल सही 135 किलो वजन के साथ जीवित रहने की खुशी मना रहा हूँ।" इस तरह की स्वीकारोक्तियाँ आपने जो चाहा था, उसे पहले ही आकर्षित कर लेने का भावनात्मक अनुभव पैदा करने में आपकी सहायता करेंगी। आनंद, हर्ष, उल्लास, उत्सुकता, विश्वास, राहत, आंतरिक शांति आदि आप जो आकर्षित करना चाहते हैं, उसके अनुकूल स्पंदन है।

हर बात, जो हम सोचते हैं,
वह बना रही है हमारा भविष्य।

—लुईस एल. हे

ये स्वीकारोक्तियाँ यह सकारात्मक आशा पैदा करती हैं कि आप इन लक्ष्यों को प्राप्त कर लेंगे और वे इन लक्ष्यों व सपनों को पूरा करने की आपकी इच्छा को बढ़ा देते हैं और आपको इसके लिए कार्य करने को प्रेरित करते हैं।

इसके अलावा, वे वास्तव में कुछ बहुत अद्‌भुत करते हैं। वे आपके मस्तिष्क में काम कर रही जालीदार प्रणाली की रिप्रोग्रामिंग शुरू कर देते हैं, ताकि आप लोगों, धन, संसाधन और विचारों के प्रति सजग रहेंगे और इससे आपके उद्‌देश्य की प्राप्ति में सहायता मिलेगी। ये संसाधन हमेशा मौजूद थे, लेकिन आपका मस्तिष्क वास्तव में उनको फिल्टर कर निकाल दे रहा था। अपने दृढ़ निश्चयों को लगातार दोहराकर आप

फिल्टर को रिप्रोग्राम कर देंगे और अपनी समझ-बूझ व जागरूकता में बढ़ोतरी करेंगे।

लक्ष्य आधारित आपके दृढ़ निश्चयों के लिए यहाँ कुछ दिशा-निर्देश दिए गए हैं—

- दृढ़ निश्चय सकारात्मक होते हैं।
- दृढ़ निश्चय में 'नहीं' शब्द का प्रयोग करने से बचें।
- दृढ़ निश्चय हमेशा वर्तमान काल में लिखा जाना चाहिए। (मान लीजिए, यह पहले से ही ऐसा है।)
- दृढ़ निश्चय कम शब्दों में बताए जाते हैं।
- दृढ़ निश्चय विशिष्ट होते हैं।
- अपने दृढ़ निश्चय इस तरह शुरू कीजिए, 'मैं हूँ…।' या 'हम हैं…।'
- दृढ़ निश्चय में कार्य-सूचक शब्दों का इस्तेमाल किया जाता है। (दृढ़ निश्चय को बोलते समय उस भावना की भी अनुभूति कीजिए।)
- दृढ़ निश्चय व्यक्तिगत होते हैं। (अपने आचरण के लिए दृढ़ निश्चय कीजिए, किसी और के लिए नहीं।)

यहाँ लक्ष्य आधारित दृढ़ निश्चयों के कुछ उदाहरण दिए गए हैं—

- ठंड के इस मौसम में मैं पहाड़ पर स्नोबोर्डिंग करते हुए बहुत प्रसन्न और स्फूर्ति से भरा महसूस कर रहा हूँ।
- मैं उस घर की ओर देखकर बहुत गर्व महसूस कर रहा हूँ, जिसे मनुष्यों के आश्रयस्थल के रूप में तैयार करवाने में मैंने सहायता की है।
- मेरे नए उत्पाद के लिए इंटरनेट पर आ रहे ऑर्डरों को देखकर मैं रोमांचित हूँ।
- मैं ऑनर्स के साथ अपनी क्लास अच्छे नंबरों से पास करने में बहुत गर्व महसूस कर रहा हूँ।
- मैं जिन बच्चों की सहायता कर रहा हूँ, मुझे अपने चारों ओर उनके चेहरे दिखाई पड़ रहे हैं। मैं यह जानकर बहुत रोमांचित हूँ कि मैंने वास्तव में उनके जीवन में बदलाव ला दिया है।
- मैं डॉक्टर से अपने स्वस्थ होने की एक और रिपोर्ट पाकर आभारी हूँ।
- मैं यहाँ हवाई के बीच पर गरम रेत में अपने पैर घुसाकर और अपने चेहरे पर सूरज की गरमाहट महसूस कर बहुत आरामदायक व सुखद अनुभव कर रहा हूँ।
- मैं बहुत खुश हूँ, जब मेल बॉक्स खोलने पर मुझे उसमें एक और चेक मिला।
- मेरे परिवार के लोग जब बर्फ पर खिलखिलाकर हँस रहे हैं और खेल-कूद रहे हैं, तब मैं प्रसन्न होकर उन्हें देख रहा हूँ।

यहाँ लक्ष्य आधारित दृढ़ निश्चयों के कुछ उदाहरण दिए गए हैं—

- मैं प्रसन्नता से अपनी नई कार लेक्सस एल.एस.430 पैसिफिक कॉस्ट हाई-वे पर चला रहा हूँ।
- मैं अपनी ज़रूरतों और इच्छाओं को अपने परिवार के लोगों के सामने प्रभावी तरीके से रख रहा हूँ।
- अपने जीवन साथी की आँखों में जब मैं प्यार से देख रहा हूँ तो मुझे बहुत खुशी और संतुष्टि हो रही है।
- मैं अपने बिल्कुल नए घर में खुशी-खुशी प्रवेश कर रहा हूँ।

क्या उपलब्ध है और क्या नहीं,
यह नहीं तय करता आपकी
सफलता और खुशी का पैमाना;
यह तो आप हैं, जो अपने को
विश्वास दिलाएँ कि क्या है सच ?

—डॉ. वेन डायर

अब आगे बढ़िए और अपने सकारात्मक लक्ष्य आधारित दृढ़ निश्चयों की सूची बनाइए। अपने मजबूत व्यक्तिगत दृढ़ निश्चय कीजिए, जो आपके सकारात्मक विश्वास को सुदृढ़ करेंगे और वे आपकी अपने बारे में कोई भी नकारात्मक धारणा को हटाकर उसके स्थान पर मजबूत सकारात्मक वक्तव्य को स्थापित करेंगे। आगे के पृष्ठों में दिए गए चार्टों में अपने लक्ष्य आधारित दृढ़ निश्चयों को लिखिए। आप संभवतः अपने सपनों की सूची भी देखना चाहें और अपने लक्ष्य आधारित दृढ़ निश्चय तैयार करते समय उन इच्छाओं और लक्ष्यों को दिमाग में रखें।

मेरे सकारात्मक दृढ़ निश्चय

मेरे लक्ष्य आधारित दृढ़ निश्चय

अपने दृढ़ निश्चयों को सुदृढ़ कैसे करें ?

1. अपने दृढ़ निश्चय दिन में कम-से-कम तीन बार दोहराएँ। इन्हें दोहराने के लिए सबसे अच्छा समय—पहली बार सुबह, दूसरी बार दिन में और तीसरी बार रात को सोते समय है।
2. अपने कुछ दृढ़ निश्चयों को लेकर बहुत गंभीरता से काम कीजिए। यह अधिक दृढ़ निश्चयों पर कम गंभीरता से काम करने से बेहतर होगा।
3. अगर संभव हो तो अपने दृढ़ निश्चयों को जोर से दोहराएँ। यदि नहीं तो उन्हें मन-ही-मन दोहराएँ।
4. अपनी आँखें बंद कीजिए और अपने को वैसे ही देखिए, जैसे कि दृढ़ निश्चयों में वर्णन है। अपनी आँखों में उस पूरी चीज को इस तरह उतार लें, मानो यह सबकुछ आपके आसपास हो रहा हो, जैसा कि आप इसे वास्तविक जीवन में देखेंगे।
5. आवाजों को सुनिए, उन लोगों को कल्पना में देखिए, जो उस समय मौजूद रहेंगे, जब आप अपने दृढ़ निश्चय सफलतापूर्वक पूरे करेंगे। अगर उस समय वहाँ कोई और भी मौजूद रहेगा तो उसकी तसवीर भी अपनी आँखों में उतार लीजिए और उनके उत्साहवर्धक शब्दों व बधाइयों को सुनें।
6. उन भावनाओं की अनुभूति कीजिए, जो आप उस समय महसूस करेंगे, जब आप अपने दृढ़ निश्चयों को पूरा कर लेंगे। आपकी भावनाएँ जितनी मजबूत होंगी, उनका प्रभाव भी उतना ही अधिक होगा।

अपने प्रत्येक दृढ़ निश्चय के साथ यह पूरी प्रक्रिया दोहराएँ। आपको अपने दृढ़ निश्चय संभवतः प्रत्येक दिन किसी कागज में दस से बीस बार लिखने की कोशिश करनी चाहिए। यह उनका समावेशन करने तथा उनको आपके अवचेतन मन में छाप देने का एक और मजबूत तरीका है।

हम वही हैं, जो हम करते हैं बार-बार।
फिर, उत्कृष्टता कोई क्रिया नहीं,
बल्कि एक आदत है।

—अरस्तू

अपने दृढ़ निश्चयों को इस तरह दोहराकर और उनकी कल्पना कर आप उनका प्रभाव अधिक-से-अधिक बढ़ा रहे हैं और बता रहे हैं कि आपके लिए व्यक्तिगत तौर पर इनका क्या अर्थ है ? आपके प्रत्येक दृढ़ निश्चय से पैदा हुए विचार, तसवीरों एवं भावनाओं पर आकर्षण का सिद्धांत प्रतिक्रिया देगा और आपका अवचेतन मन नए विश्वास को अपने में बिठाकर और उन्हें वास्तविक मानकर प्रतिक्रिया देगा। याद रहे, आपका अवचेतन मन वास्तविक और सजीव रूप से चित्रित के बीच का अंतर नहीं बता पाता।

अगर आपको लगता है कि जब आप अपने दृढ़ निश्चय दोहराते हैं, तब संदेह और संशय जैसी नकारात्मक व संकीर्ण प्रतिक्रिया आपके दिमाग में आती रहती है तो आप इनसे मुक्त होने के लिए उन तकनीकों का उपयोग कर सकते हैं, जिनके बारे में हमने अध्याय 3 में बताया है। आप नए दृढ़ निश्चय भी कर सकते हैं, जो आपके हर नकारात्मक विचार के विपरीत हों और उन्हें अपने दैनिक रुटीन में जोड़ लें।

अपने दृढ़ निश्चयों का उपयोग करने के लिए हर रोज एक वादा करें। उन्हें अपना व्यक्तिगत अनुष्ठान बना लें, कुछ ऐसा, जिसकी आप

उम्मीद कर रहे हैं। हम अपने को इस तरह रिप्रोग्राम करते हैं—दोहराकर, उनसे नाता जोड़कर और भावनाओं के माध्यम से। अपने दृढ़ निश्चयों का उपयोग करते समय आप जितनी गहरी भावना के साथ उन्हें महसूस करेंगे, उनसे उतना ही गहन आकर्षण पैदा होगा।

प्रत्येक दृढ़ निश्चय के साथ आप वस्तुत: अपने और आप जिस विश्व में रहते हैं, उसके बारे में अपने विश्वास की रिप्रोग्रामिंग कर रहे हैं।

जो कुछ आप अपने दिमाग में
बिठाते हैं, अंतत:
बनते हैं वही आप।

—नैथेनिएल हॉथोर्न

□

11

परिकल्पना

अपने सपनों की परिकल्पना की आपकी क्षमता उनको साकार करने में उत्प्रेरक का काम करेगी।

परिकल्पना करने की आदत और तकनीक—दोनों में बहुत शक्ति होती है। कुछ मनोवैज्ञानिक अब मानने लगे हैं कि एक घंटे कल्पना करना सात घंटे के शारीरिक प्रयास के बराबर होता है। याद रहे कि आपका अवचेतन मन एक वास्तविक अनुभव और अनुभव के सजीव चित्रण में अंतर नहीं कर पाता। यह आपके याद करने, बहाना करने या वास्तविक अनुभव के बीच अंतर नहीं कर सकता। यह सब मामलों में एक जैसी प्रतिक्रिया देता है। कल्पना करने की विभिन्न तकनीकों के माध्यम से आप किसी भी स्थिति का वास्तविक की तरह पूरा अनुभव ले सकते हैं। आप किसी भी स्थिति की जिस तरह कल्पना करेंगे, उसी तरह की भावनात्मक और मनोवैज्ञानिक प्रतिक्रिया सृजित करेंगे। आपका अवचेतन मन इस सूचना का समावेशन करेगा और उसे सच की तरह अपने अंदर रख लेगा और ब्रह्मांड इस स्पंदन ऊर्जा पर उसके अनुरूप ही प्रतिक्रिया देगा।

कल्पना करना दिवास्वप्न है
एक उद्देश्य के साथ।
—बो बेनेट

यहाँ कल्पना करने की आदत के दो हिस्सों को उदाहरण देकर समझाया गया है। कल्पना करने से आपके दिमाग में एक सजीव चित्रण उभरता है और यह तथ्य भी सामने लाता है कि आपकी सोच एवं भावनाएँ आपके शरीर को भी प्रभावित करती हैं।

जब आप पहला भाग पढ़ें, तब इस बात का ध्यान रखें कि आप भावनात्मक और शारीरिक तौर पर कैसा महसूस करते हैं और इस बात पर ध्यान दें कि भाग दो में कैसे भावनाओं और संवेदनाओं में अंतर आता है ?

गगनचुंबी इमारत पर चढ़ने की कल्पना

भाग–1

एक लंबी साँस लें और शांत हो जाएँ। कल्पना करें कि इस पृथ्वी की सबसे ऊँची इमारत के ऊपर एक छोटी सी छत के बीचोबीच आप खड़े हैं। यह भी कल्पना करें कि इस छत में कोई मुँड़ेर नहीं है···आपके और सीधे नीचे तक के बीच कुछ भी नहीं है। जब आप वहाँ खड़े हैं, तब अपने पैरों की तरफ देखें और इस बात पर ध्यान दें कि छत किस चीज से बनी है ? क्या आप टाइल, कंक्रीट, डामर, लकड़ी या पत्थर पर खड़े हैं ? यह भी देखें कि मौसम कितना अच्छा है ! सूरज चमक रहा है, शीतल–मंद हवा चल रही है और आप अपने चेहरे व हाथों पर सूरज की गरमी को महसूस कर पा रहे हैं···आपको कौन सी आवाजें सुनाई पड़ रही हैं ? हो सकता है कि वहाँ ऊपर कोई कबूतर या कोई अन्य पक्षी हो ! हो सकता है कि आपको वहाँ आकाश में किसी हेलीकॉप्टर के गुजरने की आवाज सुनाई पड़े या नीचे, काफी नीचे, सड़क का शोर सुनाई पड़ रहा हो···अब छत के बिल्कुल किनारे पर

जाएँ और अपने पंजे बिल्कुल किनारे रखें। नीचे, बहुत नीचे, सड़क पर देखें···देखें, ऊपर से नीचे की चीजें कितनी छोटी दिखाई पड़ रही हैं? जब आप यह देख रहे हैं, तब ध्यान दीजिए कि आप कैसा महसूस कर रहे हैं। अब धीरे से वापस छत के बीचोबीच लौट जाएँ···अब भी यह याद करते हुए कि जब आप छत के बिल्कुल किनारे पर खड़े होकर नीचे देख रहे थे, तब कैसा महसूस कर रहे थे?

अधिकतर लोगों को कुछ भावनात्मक और शारीरिक प्रतिक्रिया नजर आएगी। आपने संभवतः महसूस किया होगा कि आपका दिल तेज-तेज धड़क रहा था, आपकी हथेलियों में पसीना आ गया था, घबराहट या उलटी जैसा कुछ महसूस हुआ था। हो सकता है कि आपने तनाव या डर भी महसूस किया हो।

भाग-2

गहरी साँस लीजिए और अपने को शिथिल छोड़ दीजिए। एक बार फिर सोचिए कि आप उसी छत पर खड़े हैं, पहले की तरह उसी गगनचुंबी इमारत पर खड़े हैं। बस, इस बार आपके सुंदर सफेद पंख हैं और आपको पूरा विश्वास है कि आप उड़ सकते हैं। आप समझ रहे हैं कि आप पूरी तरह सुरक्षित हैं···तो छत के किनारे पर जाइए और जब आप वहाँ पहुँच जाएँ, धीरे से घुटने मोड़ें, झटका दें और बस, उड़ान भर लें···देखिए, उड़ने पर कैसा महसूस होता है—उड़ान भरते हुए अपने पंखों के नीचे से बह रही हवा को महसूस कीजिए और धीमे-धीमे, बिना प्रयास के, आकाश में उड़ते रहिए···आनंद और स्वतंत्रता को महसूस कीजिए···कुछ देर बाद इस ग्रह

के किसी ऐसे स्थान पर उड़ जाइए, जहाँ आप तुरंत पहुँचना चाहते हैं। वह कोई ऐसा प्रिय स्थान हो सकता है, जहाँ आप छुट्टियाँ बिताना चाहते हैं; ऐसा स्थान, जहाँ आप उस समय जाना चाहते हैं, जब आप अकेले रहना चाहते हैं या कोई ऐसा विशेष स्थान, जहाँ आप किसी ऐसे व्यक्ति के साथ जाना चाहते हों, जिसका आप बहुत ध्यान रखते हों। जब आप वहाँ पहुँचते हैं, धीरे से वहाँ उतर जाएँ और वहाँ का आनंद लेते हुए और जो कुछ भी आप करना चाहते हों, वह करते हुए समय बिताएँ…देखिए कि अब आप कैसा महसूस कर रहे हैं, शारीरिक और भावनात्मक—दोनों तरह से?

भाग–1 और भाग–2 की कल्पना करते हुए आपको जो भावनात्मक और शारीरिक प्रतिक्रिया महसूस हुई, उसकी तुलना कीजिए। इस उदाहरण के भाग–2 में आपने जो हलकापन, खुशी और फैलाव की अनुभूति की, उस पर ध्यान दीजिए।

अब इस पर विचार कीजिए। आप कहीं नहीं गए, आप कमरे से बाहर भी नहीं निकले, आपने केवल कुछ मिनट तक इन दोनों अनुभवों के बारे में कल्पना की और फिर भी आपने संभवतः महसूस किया कि बहुत खास और बिल्कुल अलग भावनात्मक व शारीरिक प्रतिक्रिया हो रही थी। आपने अपने दिमाग में उन परिस्थितियों का जो सजीव चित्रण किया था, वे आपके अवचेतन मन के लिए पूरी तरह वास्तविक थीं और उसने आपके काल्पनिक अनुभवों पर भावनात्मक और शारीरिक—दोनों स्तरों पर इस तरह प्रतिक्रिया दी, मानो वे घटनाएँ वास्तव में हो रही थीं।

आप अपने दिमाग में जो छवियाँ बनाते हैं, उनके लिए आप उत्तरदायी हैं। इसलिए, यदि आप अपने जीवन में बदतर स्थिति की कल्पना करते हुए अपना समय और ऊर्जा बरबाद करेंगे तो आप शारीरिक

व भावनात्मक रूप से उन छवियों पर प्रतिक्रिया देंगे और उसी तरह की नकारात्मक ऊर्जा और परिस्थितियों को अपने जीवन में आकर्षित करेंगे। आप सकारात्मक, प्रेरणादायक और उत्साहवर्धक स्थितियों की कल्पना किया करें, ताकि आप अपने जीवन में जो कुछ चाहते हैं, उसके अनुरूप ही स्पंदन पैदा कर सकें।

यही कल्पनाशीलता की शक्ति है।

ऐसी छवि बनाइए और हमेशा के लिए
अपने दिमाग में बिठा लीजिए।
अपनी एक ऐसी छवि बनाइए,
जो सफलता की सीढ़ियाँ चढ़ रहा है।
दृढ़ता से थामे रहिए इस छवि को।
कभी न धूमिल होने दें इसे।
आपका दिमाग इस छवि को और बेहतर करना चाहेगा।

—डॉ. नॉर्मन विंसेंट पील

अपने दिन को इस साधारण सी कल्पना के साथ शुरू करें

आराम से सीधे बैठ जाइए, अपनी आँखें बंद कीजिए और अपने दोनों हाथ इस तरह जोड़िए कि उँगलियों के अंतिम सिरे आपकी गोदी को स्पर्श कर रहे हों। इस दौरान आपकी रीढ़ की हड्डी बिल्कुल सीधी तनी हुई होनी चाहिए। अब धीरे-धीरे गहरी साँसें लीजिए, साँस नाक से लीजिए और मुँह से छोड़िए। प्रत्येक साँस के साथ आपका सीना व पेट किस तरह फैलता और सिकुड़ता है, इस पर ध्यान दीजिए। आप देखेंगे कि आप ज्यादा-से-ज्यादा आरामदेह महसूस कर रहे हैं। अब साँसों को उनकी अपनी स्वाभाविक गति पर आ जाने दीजिए—धीमी, स्थिर और आरामदेह। कल्पना कीजिए कि एक उज्ज्वल प्रकाश आपके शरीर

में बाईं तरफ से धीरे-धीरे ऊपर की ओर बढ़ रहा है—आपके बाएँ पैर से लेकर क्रमशः शरीर के बाएँ हिस्से में, कधों, गले, चेहरे से ऊपर चढ़ते हुए बिल्कुल आपके सिर के ऊपर तक फैल जाता है और फिर धीरे-धीरे आपके शरीर के दाईं तरफ बढ़ जाता है और नीचे उतरते हुए आपके चेहरे, गरदन, कंधे, धड़, नितंब एवं पैरों तक आकर आपके शरीर की एक-एक कोशिका को वह चमकीला प्रकाश आलोकित कर देता है। अब यह कल्पना करते हुए कि उज्ज्वल प्रकाश आपके शरीर में बाईं ओर से ऊपर चढ़ रहा है और, दाईं ओर से नीचे उतर रहा है। ऐसा ही और दो बार अपनी गति से कीजिए।

उँगलियों के अंतिम सिरे अभी भी गोदी में रखकर आप ध्यान शुरू कीजिए। आप कोई प्रतीक या छवि, जैसे—कोई फूल, कोई प्रकाश-पुंज या किसी शांत झील की छवि देखकर या किसी शब्द का उच्चारण करते हुए, माला जपते हुए या कोई मंत्र जैसे 'शांति' या 'आनंद' या 'मैं प्यार हूँ' कहते हुए ध्यान कर सकते हैं। उस छवि या विचार को बार-बार दोहराएँ और इस बीच कोई और विचार अपने मन में न आने दें। अगर आपका मन भटकता है तो उसे धीरे से अपने ध्यान के उसी बिंदु पर ले आइए और आप देखेंगे कि एक जगह ध्यान केंद्रित रखने की आपकी क्षमता अभ्यास से बढ़ती जाएगी।

अगला चरण है—ग्रहणशीलता और प्रेक्षण का। अपने हाथों को अलग कीजिए और हथेली ऊपर की तरफ रखते हुए उन्हें अपनी गोद में रखिए। मन को शांत कीजिए और बस, ध्यान दीजिए तथा देखिए कि आपका तनाव कहाँ जाता है—विचारों में, स्मृति में, योजना में, छवि में, चिंता में, अनुभूति में या परख में? सिर्फ तटस्थ होकर इस पर ध्यान दीजिए और इसे देखिए।

और अब समापन। दोनों हाथों की मुट्ठी हलके से बंद कीजिए और फिर कल्पना कीजिए कि एक चमकदार प्रकाश आपको घेरे ले

रहा है, प्रकाश पूरी तरह आप पर पड़ रहा है और आपकी सुरक्षा कर रहा है। जब यह प्रकाश आपके चारों तरफ पूरी तरह फैला हुआ है, तब इस दिन की उसी तरह कल्पना कीजिए, जिस तरह आप इसे बिताना चाहते हैं। हो सकता है कि आपको कुछ अप्रत्याशित परिस्थितियाँ और घटनाएँ भी दिखाई पड़ें; लेकिन आप उनसे तालमेल बिठाकर आगे बढ़ें और अपना दिन जिस तरह बिताना चाहते हैं, उसी तरह इसकी कल्पना करें। इस बात पर विशेष ध्यान दें कि आप आज कैसा बनना चाहते हैं, कैसे काम करना चाहते हैं और कैसा महसूस करना चाहते हैं? कल्पना कीजिए कि आप में वही गुण दिखाई पड़ रहे हैं, जो आपने अपने लिए चुने हैं; जैसे—प्रेम, आनंद, साहस, शक्ति, धैर्य और दृढ़ता। कल्पना कीजिए कि आप और लोगों से शांति से, आत्मविश्वास के साथ, उत्साह से और स्पष्ट तरीके से बातचीत कर रहे हैं! देखिए कि आप बिल्कुल स्पष्ट तरीके से अपनी इच्छाएँ और अपने उद्देश्य बता रहे हैं। आप बता रहे हैं कि आप कैसी परवरिश चाहते हैं और वैसी ही परवरिश आपको मिल रही है।

अब उन विशिष्ट कदमों की कल्पना कीजिए, जो आप अपने महत्त्वपूर्ण लक्ष्यों को हासिल करने के लिए उठाएँगे और अपना दिन उसी तरह बीतने की कल्पना कीजिए, जैसे आप इसे बिताना चाहते हैं। अपने जीवन के महत्त्वपूर्ण लोगों के चेहरे देखिए और उनकी आवाजें सुनिए, जो आपको आपके लक्ष्य की पूर्ति पर बधाई दे रहे हैं और आपकी प्रशंसा कर रहे हैं। और अब, उन भावनाओं की कल्पना कीजिए, जो आप उस समय महसूस करेंगे, जब आप अपना दिन अपने वांछित तरीके से बिता पाएँगे; और अभी अपने शरीर में उन अनुभूतियों को पैदा कीजिए।

कुछ लंबी साँसें लें और एक बार फिर, जब आप लंबी-लंबी साँसें ले रहे हैं, तब अपने पेट व सीने के उठने-गिरने पर ध्यान दें। इसके बाद

जब आप तैयार हों, तब धीरे से अपनी आँखें खोलें और आपको पता है कि यह एक अच्छा सा दिन होगा।

लक्ष्य उस पर न साधें, जो आप हैं,
बल्कि उस पर साधें, जो आप बन सकते हैं।
—लुकास हेल्मर

आपकी परिकल्पना पुस्तक

आपकी परिकल्पना पुस्तक संभवतः आपका सर्वाधिक मूल्यवान् माध्यम है। यह आपके लिए भविष्य का नक्शा है; आप कहाँ बढ़ रहे हैं, उसका वास्तविक दस्तावेज है। यह आपके सपनों, आपके लक्ष्यों और आपके आदर्श जीवन को दरशाता है। आपका दिमाग चूँकि दर्शनीय प्रेरणा पर अधिक प्रतिक्रिया देता है, इसलिए अपनी इच्छाओं को तसवीरों और प्रतिबिंबों के माध्यम से प्रस्तुत कर आप वास्तव में उनका स्पंदनीय स्तर मजबूत करते हैं और उनमें वृद्धि करते हैं। यहाँ यह कथन निश्चित तौर पर सही साबित होता है कि एक चित्र हजार शब्दों के बराबर है। दर्शनीय छवियाँ और चित्र आपकी भावनाओं को उद्दीप्त करेंगे और आपकी भावनाएँ स्पंदन ऊर्जा हैं, जो आकर्षण के सिद्धांत को सक्रिय करती हैं।

आप अपने सपने परिभाषित कर चुके हैं।
अब दर्शनीय माध्यम से उनकी व्याख्या करने का समय है।

यह विश्व केवल एक कैनवास है
हमारे सपनों का।
—हेनरी डेविड थोरो

एक निजी परिकल्पना पुस्तक बनाइए, जिसमें आप जो भविष्य बनाना चाहते हैं, उसका स्पष्ट चित्रण कीजिए। ऐसे चित्र ढूँढ़िए, जो आप अपने जीवन में जिन अनुभवों, भावनाओं और संपत्ति को आकर्षित करना चाहते हैं, उनको दरशाते हों या उनका प्रतीकात्मक चित्रण करते हों और उन्हें अपनी पुस्तक में संकलित कीजिए। इस प्रक्रिया का आनंद उठाइए। फोटो, पत्रिकाओं से कटे चित्र, इंटरनेट से लिये चित्र, जो भी आपको प्रेरणा दें, उनका पुस्तक में उपयोग करें। रचनात्मक बनें। न केवल चित्रों को शामिल करें, बल्कि हर वह कुछ, जो आपसे कुछ कहते हैं। अपनी पुस्तक में अपना भी एक चित्र शामिल करने के बारे में विचार कीजिए। अगर आप ऐसा करते हैं तो अपनी कोई ऐसी फोटो लगाइए, जो खुशी के क्षणों में ली गई हो। आप अपने दृढ़ निश्चय, प्रेरक शब्द, प्रेरक वाक्य और विचार भी उसमें संकलित करना चाहेंगे। ऐसे शब्दों व छवियों का चयन करें, जो आपको प्रेरित करते हों और आपको अच्छा महसूस कराएँ।

यह किसी भी अन्य पुस्तक की तरह है।
आप इसके लेखक हैं, आप ही कलाकार हैं।
यह आपका नक्शा है।

पूरी की हुई परिकल्पना पुस्तक का नमूना

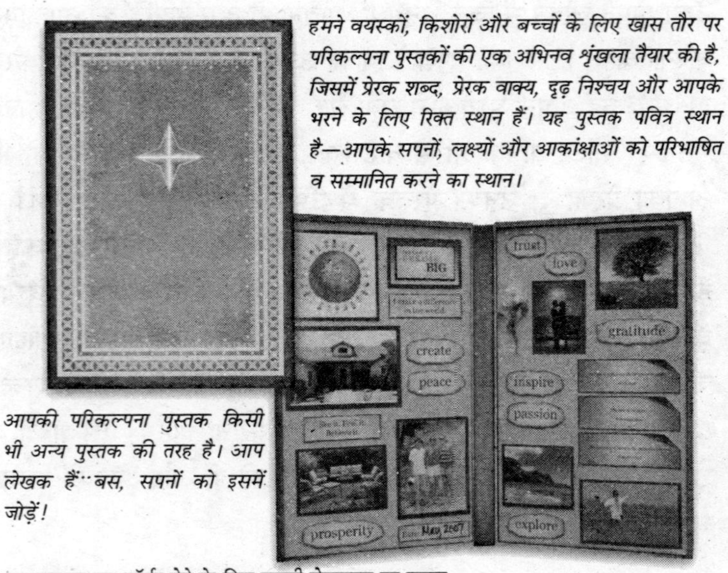

हमने वयस्कों, किशोरों और बच्चों के लिए खास तौर पर परिकल्पना पुस्तकों की एक अभिनव श्रृंखला तैयार की है, जिसमें प्रेरक शब्द, प्रेरक वाक्य, दृढ़ निश्चय और आपके भरने के लिए रिक्त स्थान हैं। यह पुस्तक पवित्र स्थान है—आपके सपनों, लक्ष्यों और आकांक्षाओं को परिभाषित व सम्मानित करने का स्थान।

आपकी परिकल्पना पुस्तक किसी भी अन्य पुस्तक की तरह है। आप लेखक हैं··· बस, सपनों को इसमें जोड़ें!

इस पुस्तक का ऑर्डर देने के लिए हमारी वेबसाइट पर जाइए—डब्ल्यूडब्ल्यूडब्ल्यू.ड्रीमबिगकलेक्शन.कॉम

आप अपने जीवन के सभी क्षेत्रों के लक्ष्य और सपनों को अपनी परिकल्पना पुस्तक में लिख सकते हैं या किसी एक विशेष क्षेत्र पर भी ध्यान केंद्रित कर सकते हैं। अपने जीवन के उद्देश्य को दिमाग में बिठाकर रखें और अपने सपनों को परिभाषित करते समय उस सूची का उल्लेख करें, जो आपने तैयार की है। इसे साफ-सुथरा रखें और आप अपनी परिकल्पना पुस्तक में कुछ भी लिखते समय चयनशील बनें। बिखरी हुई या अव्यवस्थित पुस्तक बनाने से बचें। आप अपने जीवन में अव्यवस्था नहीं लाना चाहते। याद रखें, वे आपके सपने हैं, इसलिए सोच-समझकर उनका चुनाव करें। केवल

उन शब्दों और छवियों का उपयोग करें, जो आपके उद्देश्य और आपके आदर्श भविष्य को सबसे अच्छी तरह दरशाएँ और जो आपके अंदर सकारात्मक भावनाएँ लाएँ। सादगी और स्पष्टता में सुंदरता है। बहुत अधिक चित्र एवं बहुत अधिक सूचनाएँ भटकाव लाएँगी और उनपर ध्यान केंद्रित करना कठिन होगा।

अगर आप अपने जीवन के अनेक क्षेत्रों में परिवर्तन की कल्पना करने और लाने के लिए प्रयासरत हैं तो आप एक से अधिक परिकल्पना पुस्तक का उपयोग कर सकते हैं। उदाहरण के लिए, आप अपनी एक परिकल्पना पुस्तक निजी लक्ष्यों और सपनों के लिए तथा अन्य का कॅरियर व वित्तीय लक्ष्यों के लिए उपयोग कर सकते हैं। आप कॅरियर संबंधी परिकल्पना पुस्तक को प्रेरणा और पुष्टि के एक माध्यम के तौर पर संभवत: अपने ऑफिस में या अपने डेस्क पर रखना चाहेंगे।

अपनी परिकल्पना पुस्तक का कैसे उपयोग करें ?

कोशिश करें कि अपनी परिकल्पना पुस्तक को अपने बिस्तर के पास रखे नाइट स्टैंड पर ही रखें। जहाँ तक हो सके, उसे खड़ा करके खुली हुई अवस्था में रखें और सुबह-शाम अपने लक्ष्यों की परिकल्पना करें, उनकी अभिपुष्टि करें, उन पर विश्वास करें और उनका समावेशन करें। रात को सोने से पहले आप जो समय परिकल्पना करते हुए बिताएँगे, उस समय में खासतौर पर बहुत शक्ति होती है। सोने से ठीक पहले के 45 मिनट आपके दिमाग में जो विचार और चित्र उभरते हैं, वही रात भर आपके अवचेतन मन में आते रहते हैं और जिन विचारों व चित्रों के साथ आप अपने दिन की शुरुआत करते हैं, वे आपके मनचाहे भविष्य के अनुरूप स्पंदन पैदा करते हैं।

कुछ वक्त गुजरने के साथ जब आपके सपने साकार होते दिखाई पड़ने लगें, तब उन छवियों को देखें, जो आपकी उपलब्धियों को दरशा

रही हैं और इस बात के लिए आभारी हों कि आरक्षण का सिद्धांत कितनी अच्छी तरह आपकी जिंदगी में काम कर रहा है! इस बात को स्वीकार कीजिए कि यह काम कर रहा है। उन फोटो या चित्रों को न हटाएँ, जो उन लक्ष्यों को दरशा रहे हैं, जो आप प्राप्त कर चुके हैं। वे इस बात के सशक्त अनुस्मारक हैं कि आपने अपने जीवन में निष्ठापूर्वक और समझ-बूझ के साथ क्या-क्या आकर्षित कर लिया है!

आपने जब अपनी परिकल्पना पुस्तक बनाई थी, उस दिन की तारीख याद से लिखें। ब्रह्मांड गति पसंद करता है और आपको यह जानकर आश्चर्य होगा कि आकर्षण का सिद्धांत कितनी जल्दी आपकी ऊर्जा, प्रतिबद्धता और आकांक्षाओं पर प्रतिक्रिया देता है। बहुत कुछ टाइम कैप्सूल की तरह यह पुस्तक आपकी निजी यात्रा, आपके सपनों और उस वर्ष विशेष की आपकी उपलब्धियों का दस्तावेजीकरण करेगी। यह आपके विकास, आपकी जागरूकता और आपके विस्तार का रिकॉर्ड होगा, जिसे आप सुरक्षित रखना चाहेंगे और आनेवाले वर्षों में जिस पर विचार करना चाहेंगे।

सबसे बड़ा साहसिक कार्य, जो आप कर सकते हैं
वह है अपने सपनों का जीवन जीना।
—ओपरा विनफ्रे

यह विचार भी अच्छा है कि प्रत्येक वर्ष नई परिकल्पना पुस्तक बनाएँ। जैसे-जैसे आप बढ़ेंगे, विकसित होंगे और आपका विस्तार होगा, वैसे-वैसे आपके सपने और आकांक्षाएँ भी बढ़ेंगी, विकसित होंगी और उनमें विस्तार होगा। इससे आपको ध्यान केंद्रित रखने और उत्प्रेरित होने में मदद मिलेगी। हो सकता है कि इसे आप अपने परिवार में एक नई परंपरा की तरह शुरू करना चाहें। अगर आपके बच्चे या छोटे भाई-

बहन हैं तो उन्हें उनकी अपनी पुस्तक बनाने में सहायता करें और उनके सपनों को प्रोत्साहित भी करें। आपको यह जानकर आश्चर्य होगा कि यह प्रक्रिया वास्तव में कितनी पैनी दृष्टि रखनेवाली, समर्थ, प्रेरक और आनंददायक हो सकती है!

ये परिकल्पनाएँ पुस्तकें सहेजने और सँजोने के लिए होती हैं। वे न केवल आपके सपनों, बल्कि आपके विकास और आपकी उपलब्धियों को भी लिपिबद्ध करती हैं। आपके सपनों से अधिक मूल्यवान् कुछ नहीं होता और ये पुस्तकें आपके सपनों का चेहरा हैं। ये सुंदर शब्द और चित्र आपके भविष्य को दरशाते हैं। आप अपने जीवन में जो आकर्षित करना चाहते हैं और जो कुछ बनाना चाहते हैं, ये उसके अनुरूप स्पंदन पैदा करती हैं।

अपनी परिकल्पना पुस्तक का उपयोग किस प्रकार करें—

- अपनी परिकल्पना पुस्तक पर प्रायः नजर डालें और यह जो प्रेरणा देती है, उसे महसूस करें।
- इसे अपने हाथ में पकड़ें और यह जिस भविष्य को दरशा रही है, उसका वास्तव में समावेशन करें।
- अपने वादे और प्रेरणादायक शब्दों का जोर से उच्चारण करें।
- कल्पना में अपने को उसी तरह रहते हुए देखें।
- अपने को उसी भविष्य में महसूस करें, जिसकी कल्पना आपने की है।
- विश्वास कीजिए, यह आपका ही है।
- आपके जीवन में जो कुछ अच्छा है, उसके लिए आभारी रहें।

- ऐसा कोई भी लक्ष्य, जिसे आप प्राप्त कर चुके हैं, उसे स्वीकार कीजिए।
- जो परिवर्तन आपने देखे और महसूस किए हैं, उन्हें स्वीकार कीजिए।
- अपने जीवन में ईश्वर की उपस्थिति को स्वीकार कीजिए।
- स्वीकार कीजिए कि आकर्षण का सिद्धांत आपके जीवन में काम कर रहा है।
- रात को सोने जाते समय और सुबह सोकर उठते ही इसे देखें।

अपने भविष्य की परिकल्पना कीजिए।
संभावनाओं की कल्पना कीजिए।
यह जानें कि वे वास्तविक हैं।

सपना अपने आनेवाले दिनों के लिए आपकी रचनात्मक कल्पना है। अपनी मौजूदा आरामतलबी से बाहर निकलिए और सुकून महसूस कीजिए अपरिचित और अनजाने माहौल में।

—डेनिस वेटले

□

12

दृष्टिकोण

आपका दृष्टिकोण किसी भी स्थिति को बना या बिगाड़ सकता है

यह वह ऊर्जा है, जो आप अपने कमरे में लेकर आते हैं। आप अपने जीवन की घटनाओं के प्रति सकारात्मक रुख रख सकते हैं या आप शिकायत और दुःख से भरे हो सकते हैं। आप निर्णय कीजिए। आप लगभग सभी घटनाओं या परिस्थितियों पर सचेत होकर सकारात्मक तरीके से प्रतिक्रिया देने का फैसला कर सकते हैं—सकारात्मक दृष्टिकोण महज एक फैसला है, जो आप करते हैं।

आप अपना दृष्टिकोण बदल सकते हैं और उसके साथ ही अपना जीवन भी।

हमारे लिए कोई स्थिति उतना मायने नहीं रखती
जितना कि हमारा रुख, क्योंकि वही
तय करता है हमारी सफलता या असफलता।

—डॉ. नॉर्मन विंसेंट पील

अब हम सभी जानते हैं कि कौन नकारात्मक रुखवाले लोग होते हैं? वे हमेशा शिकायत करते रहते हैं, दुःखी होते रहते हैं या शोक मनाते रहते हैं। उन्हें लगता है कि कुछ भी सही नहीं हो रहा है। वे अपने जीवन

में हमेशा पीड़ित ही बने रहते हैं। उनका आसपास होना अरुचिकर होता है और बहुत कुछ ऐसा लगता है कि वे हमारा भी मनोबल गिराते हैं। ऐसा इसलिए होता है, क्योंकि वे निचली आवृत्ति पर काम कर रहे होते हैं और आकर्षण के सिद्धांत के माध्यम से वे और ज्यादा ऐसी स्थिति को आकर्षित करते हैं, जिनको लेकर शिकायत की जा सके। वे लगातार नकारात्मक जीवन-शैली में 'फँसे' रहते हैं, क्योंकि वे अपने विचार और ऊर्जा लगातार अपने नकारात्मक वर्तमान और नकारात्मक अतीत पर केंद्रित रखते हैं। ऐसा करके वे बार-बार वैसा ही भविष्य भी बना रहे हैं। याद रखें कि आप लगातार जिस बारे में बात करेंगे, वही लौटकर आता है।

दूसरी ओर, हम सकारात्मक रुखवाले लोगों को भी जानते हैं—ऐसे लोग, जो हमेशा खुश लगते हैं; ऐसे लोग, जिन्होंने लगता है कि अपने जीवन में चीजों को अपने नियंत्रण में रखा है। वे लोग आनंद देते हैं। उनके आसपास रहने से अच्छा लगता है और वे उच्च आवृत्ति पर काम करते हैं। ऐसा लगता है कि 'अच्छी चीजें हमेशा उनके पास आई हैं।' इसमें कोई आश्चर्य नहीं है कि वे खुश हैं। अपने जीवन के सकारात्मक पहलुओं पर ध्यान केंद्रित कर और उनकी सराहना कर आकर्षण के सिद्धांत के जरिए वे एक खुशहाल जीवन बनाने में सक्रिय रूप से भागीदारी कर रहे हैं और उनके मन में एक अच्छे भविष्य के लिए सकारात्मक आशा है।

लोग उतने खुश होते हैं
जितना कि वे खुश होने का निर्णय करते हैं।
—अब्राहम लिंकन

जब संभव हो, तब ऐसे ही सकारात्मक, उत्साहवर्धक और प्रेरक

लोगों के आसपास रहें। अपना समय आध्यात्मिक रुझानवाले लोगों के साथ बिताएँ, जो आपको स्वस्थ तरीके से प्रेम करेंगे और आपको सहारा देंगे—ऐसें लोग, जो आपके विकास को बढ़ावा देंगे और आपकी सफलता पर खुश होंगे। आप सकारात्मक रुख और ऊर्जावाले प्रेरणादायक लोगों के साथ रहें।

आप ऐसे पूजास्थल, धर्मार्थ संगठन या किसी अन्य ऐसे समूह की तलाश में होंगे, जो आपके निजी विकास की इच्छा के अनुरूप हों। आप अपना एक छोटा सा समूह भी बना सकते हैं, जिनके उद्‌देश्य और लक्ष्य समान हों। संख्या में बल होता है और इस तरह के समूह में एक उच्च मानसिकता मिलती है। एक निश्चित उद्‌देश्य और इरादे के साथ नियमित आधार पर एकत्र होने से आप सबको कम समय में ही अधिक विकास और परिणाम मिलने का अनुभव होगा। इस तरह के पथ-प्रदर्शक समूहों की बैठकें समान विचारों, प्रतिक्रिया, विचार-विमर्श, निष्ठा, जवाबदेही और प्रेरणा के लिए अभिनव मंच प्रदान करती हैं। यह विकास और सफलता के लिए वर्षों तक व्यावसायिक स्तर पर एक प्रामाणिक माध्यम रहा है। हेनरी फोर्ड, थॉमस एडिसन, नेपोलियन हिल, हार्वे फायरस्टोन और एंड्रयू कार्नेगी—ये सभी इसी तरह के पथ-प्रदर्शक समूह के सदस्य थे।

मैंने कभी अपने जीवन में एक दिन का भी काम नहीं किया। यह सब आनंद से भरा हुआ था।

—थॉमस एडिसन

तो, हम अपने जीवन में नकारात्मक लोगों से कैसे निपटें? सबसे पहले, याद रखें कि आप उनके विकास या चेतना के स्तर के लिए उत्तरदायी नहीं हैं। आप उनके लिए केवल एक उदाहरण हो सकते हैं

और अपना ऊर्जा स्पंदन जितना अधिक संभव हो, उतना अधिक रखें। आप उन्हें ऐसा कुछ भी नहीं सिखा सकते, जिसे सीखने को वे तैयार या इच्छुक नहीं हैं; लेकिन साथ ही यह भी ध्यान रखें कि कोई भी पूरी तरह नकारात्मक नहीं होता। उनमें जो अच्छाइयाँ हैं, आप उन पर ध्यान केंद्रित कर सकते हैं और उनके जो गुण आपके तथा उनके बीच के संबंधों के संदर्भ में सामने आते हैं, उनकी प्रशंसा कर सकते हैं। उनकी जो चीजें आपको अच्छी और प्रशंसनीय लग रही हों, उनको स्वीकार कीजिए, उनकी प्रशंसा कीजिए। इससे हो सकता है कि वे अपनी सकारात्मक बातों को अधिक-से-अधिक अभिव्यक्त करें।

अपने आसपास के नकारात्मक लोगों का आकलन करने की कोशिश न करें—बस, उनसे जितना कम हो सके, उतना कम बातचीत करें या उनके साथ कम-से-कम समय बिताएँ (हो सके तो उनसे बिल्कुल ही बचें) और अधिक सकारात्मक रुख का उदाहरण बनने की कोशिश करें। जाहिर है कि अगर वे लोग परिवार के सदस्य हैं या सहकर्मी हैं तो उनसे पूरी तरह बचना संभव नहीं है; लेकिन टकराव के किसी भी मुद्दे को टालने की पूरी कोशिश करें, अपना रुख सकारात्मक रखें और जब टकराव पैदा हो, तब अपने को उससे भावनात्मक रूप से न जोड़ लें। अंततः आपको फैसला करने की जरूरत पड़ेगी कि आप अपने जीवन में ऐसे संबंध रखना भी चाहते हैं या नहीं?

आपका रुख महत्त्वपूर्ण है। यह आपकी भावनाओं को प्रभावित करता है और बदले में आपकी भावनाएँ आपके आसपास के ऊर्जा क्षेत्र को प्रभावित करती हैं और इसके साथ ही आप ब्रह्मांड में इसी तरह की और ऊर्जा के लिए आदेश देते हैं। अपने जीवन के विभिन्न क्षेत्रों के प्रति अपने रुख पर गहराई से और ईमानदारी से नजर डालें। क्या इसमें सुधार की कोई गुंजाइश है?

खुश रहने की कला होती है
सामान्य चीजों से खुशियाँ
ढूँढ़ निकालने में।
—हेनरी वार्ड बीचर

अपने रुख में बदलाव की कोशिश कीजिए और जीवन की आम चीजों में खुशियाँ खोज निकालिए। हम सबके कुछ दैनिक कामकाज होते हैं और दुनियादारी के कुछ ऐसे काम होते हैं, जिनसे हम अतीत में काफी डरते थे। क्यों न इन्हें भी अपने विकास के एक अवसर में बदलने की चुनौती अपने को दे डालें! कूड़ा डालने और बिल चुकाने के अपने रुख में बदलाव कीजिए! यह जरूरी नियमित कामकाज है और इनसे छुटकारा नहीं मिल सकता। इसलिए, आप उनका आनंद लेने की कोशिश कीजिए। जब आप रसोई साफ कर रहे हैं और कूड़ा हटा रहे हैं, तब गाना बजा दें। हर बिल, जो आप चुकाएँ, उसका आभार जताना सीखें और उसे प्यार से दें। इस बात के लिए कृतज्ञ हों कि आप वास्तव में कितने भाग्यशाली हैं और आपके जीवन में कितने ऐशो आराम हैं! आप अपनी ऊर्जा को पूरी तरह स्थानांतरित कर सकते हैं, थोड़ा आनंद उठा सकते हैं और इन चीजों को उबाऊ कामों की बजाय अपनी देखभाल करने के एक अवसर के रूप में लें तथा उन लोगों को थोड़ा सहयोग दें, जिन्हें आप प्रेम करते हैं। जब आप प्रत्येक काम और प्रत्येक स्थिति को आनंद व उत्साह से लेना सीख लेंगे, तब आप अपने जीवन में तुरंत अंतर देखेंगे। जीवन वस्तुतः वह होता है, जो हम इसे बनाते हैं।

याद रखें, यह जीवन एक यात्रा है और यह जीवन आनंद उठाने के लिए है। सकारात्मक रुख रखें, खुश रहें, कृतज्ञ रहें, स्नेहिल और उदार बनें। अपने को सकारात्मक लोगों और ऊर्जा के बीच रखें। हर नए दिन को एक छोटे बच्चे की तरह उत्साह और आश्चर्य के साथ लें। कौन

जानता है कि कौन सी आश्चर्यजनक बात होने वाली है ? विश्वास रखें और आनंद उठाएँ। आपका भविष्य चमत्कारिक रूप से सामने आएगा।

ज्यादातर लोग खुशी की तलाश में हैं।
वे इसे ढूँढ़ रहे हैं। वे इसे खोजने की कोशिश कर रहे हैं—
अपने से बाहर, किसी के अंदर या किसी चीज में।
यह एक मौलिक गलती है।
खुशी तो आप ही हैं,
और यह आपके सोचने के तरीके से आती है।
—वेन डायर

कृतज्ञता और प्रशंसा

सबसे अच्छा रुख, जो आप संभवतः अपनाना चाहें, वह कृतज्ञता और प्रशंसा का है। आपके जीवन में जो कुछ है, उसके लिए सच्चे दिल से आभारी होने से आप स्वतः ही तथा बिना प्रयास के और अच्छी चीजें अपने जीवन में आकर्षित करेंगे। आपको अपने जीवन में जो कुछ मिला है, उसकी तारीफ करने और उसे स्वीकार करने का निर्णय करें। ये भावनाएँ उच्चतम आवृत्ति की होती हैं तथा आकर्षण के सिद्धांत के माध्यम से आभारी होने लायक और अधिक चीजों को आकर्षित करती हैं।

आपके जीवन में जो कठिन और चुनौतीपूर्ण स्थितियाँ पैदा होती हैं, उनके लिए भी आभारी होने का प्रयास करें। प्रायः ऐसी परिस्थितियों में हम सबसे अधिक आध्यात्मिक और भावनात्मक विकास का अनुभव करते हैं। आप हर प्रत्यक्ष कठिनाई को एक नया गुण, शक्ति, कौशल, परख या समझ विकसित करने के एक अवसर के तौर पर देखें और इसके लिए आभारी हों। प्रत्येक चुनौती वस्तुतः विकास एवं विस्तार का

एक और अवसर उपलब्ध कराती है।

परिस्थितियों का सामना करें और इस प्रक्रिया में आप जो कुछ भी सीख रहे हैं, उसकी प्रशंसा करें। इन परिस्थितियों में अपना रुख सकारात्मक और प्रशंसात्मक रखकर आप न केवल अपने जीवन में और कठिन परिस्थितियों को आमंत्रित करने से बच सकेंगे, बल्कि यह सकारात्मक ऊर्जा के एक क्षेत्र का निर्माण करेगा, जो वह सब और अधिक आकर्षित करेगा, जो आप चाहते हैं।

खुशी अपने आप में ही एक तरह की कृतज्ञता है।

—जोसेफ वुड क्रच

हम जितने भी दृष्टिकोण अपना सकते हैं, निश्चित रूप से कृतज्ञता का दृष्टिकोण उनमें है, सबसे महत्त्वपूर्ण और जीवन में सर्वाधिक परिवर्तन लानेवाला।

—जिग जिगलर

कृतज्ञता का प्रतीक चिह्न

अपनी जेब में हर दिन कोई छोटा सा प्रतीक चिह्न, पत्थर, क्रिस्टल या कुछ और सार्थक वस्तु रखें। दिन भर में जब भी आप पैसे या चाबी निकालने के लिए अपनी जेब में हाथ डालें तो यह आपको याद दिलाएगा कि आप यह देखें कि आपको किस चीज के लिए आभार व्यक्त करना है! यह आपके अंदर इस बात की चेतना पैदा करने का एक बहुत अच्छा तरीका है कि आपको किस-किस चीज या बात के लिए कृतज्ञ होना है। साँस लेने के लिए थोड़ा समय लीजिए और आप वास्तव में कृतज्ञता की अनुभूति करें। यह साधारण सा सचेत रखने का तरीका आपको स्पंदन आवृत्ति बढ़ाने में सहायता करेगा और आपको लगातार कृतज्ञ बनाए रखेगा।

खुशी एक दृष्टिकोण है;
यह प्यार की उपस्थिति है—
अपने लिए और औरों के लिए। यह आती है
आंतरिक शांति से, देने और लेने की क्षमता से
और अपनी एवं औरों की प्रशंसा से।
यह कृतज्ञता और उदारता है,
यह आत्मा से संपर्क की अनुभूति है।
—अज्ञात

आपकी कृतज्ञता पुस्तिका

रोज की कृतज्ञता और स्वीकारोक्ति पुस्तिका रखना शुरू कर दीजिए। यह आपके विकास और चेतना वृद्धि में एक आवश्यक और महत्त्वपूर्ण उपकरण है। प्रत्येक दिन की प्रविष्टि बहुत लंबी नहीं होनी चाहिए। यह डायरी की तरह होनी चाहिए। उस विशेष दिन आप किन पाँच चीजों के लिए आभारी रहें, बस, इसकी एक छोटी सी, सीधी-सादी सूची बना लीजिए। यह एक सम्मान है और आपके जीवन में जो कुछ अच्छा है, उसकी नित्य प्रतिदिन प्रशंसा कीजिए।

कृतज्ञता : हर रात सोने जाने से पहले थोड़ा वक्त निकालकर अपने दिन की समीक्षा करें। अपने दिन भर के कामकाज के बारे में सोचें। उस दिन कौन-कौन-सी अच्छी बातें हुईं, उन पर ध्यान दें और उन चुनौतियों की भी प्रशंसा करना न भूलें, जो आपके समक्ष आईं। पाँच ऐसी चीजों, व्यक्तियों या घटनाओं का चयन करें, जिनके प्रति आप सबसे ज्यादा आभारी हैं। यहाँ कुछ गलत और सही की बात नहीं है, बस, जिस चीज के भी और जिसके भी प्रति आप उस विशेष दिन गंभीरता से आभारी हैं। यह आपके चेहरे पर पड़ती कड़ी धूप हो सकती है, ठंडी हवा हो सकती है, कोई उदार शब्द, कोई मित्र या उस दिन आपने जो हासिल किया है,

उसे लेकर अच्छा महसूस करने की बात हो सकती है। यह ऐसी किसी स्थिति से निपटने का तरीका हो सकता है, जो अतीत में आपको काफी नुकसान पहुँचा सकती थी। ऐसा कुछ भी, जिसके लिए आप आभारी हैं। आप अपनी पुस्तिका में इसे लिखें और कृतज्ञता व प्रशंसा की अनुभूति करें। धन्यवाद दें।

• **स्वीकारोक्ति :** आपके जीवन में व्यक्तिगत रूप से जो परिवर्तन हो रहे हैं, उन्हें स्वीकार करने के लिए कुछ समय निकालें। उन्हें लिख डालें। इस बात को स्वीकार कीजिए कि आपके जीवन में आकर्षण का सिद्धांत कितनी अच्छी तरह काम कर रहा है! कोई खास घटना बताइए, जहाँ आकर्षण का सिद्धांत काम कर रहा था—पार्किंग की जिस जगह की आपने योजना बनाई थी, जो बैठक आप करना चाहते थे, बोनस का जो चेक आपने प्राप्त किया है, आपने जो ग्रेड प्राप्त करना चाहा, जिस व्यक्ति ने 'हाँ' कहा था, जब आपने उससे पूछा था। दैनिक आधार पर भी चमत्कार हो सकते हैं और होते हैं। वे आपके चारों ओर हो रहे हैं। उनका सम्मान कीजिए और उन पर ध्यान दीजिए। स्वीकारोक्ति के माध्यम से आप उस अद्‍भुत समसामयिकता के बारे में अधिक-से-अधिक सजग होंगे, जो आपके जीवन में पहले से ही काम कर रही है।

अपनी कृतज्ञता और स्वीकारोक्ति पुस्तिका में लिखने में जो समय आप लगाते हैं, उसे अपनी नियमित दिनचर्या का अभिन्न हिस्सा बनाइए। आपके द्वारा लगातार आनंद एवं कृतज्ञता की अभिव्यक्ति आपके जीवन में और अधिक आनंद, प्रेम एवं संपन्नता को आकर्षित करेगी।

आपको हर दिन की घटनाओं को देखने के अपने नजरिए में परिवर्तन दिखाई पड़ने लगेगा। हर दिन आपके आसपास जो सकारात्मक घटनाएँ हो रही हैं, उनको लेकर आप अधिक सजग हो जाएँगे। आपके ध्यान का केंद्र-बिंदु बदल जाएगा, आपकी ऊर्जा में परिवर्तन आएगा और आप इस बात के लिए आभार प्रकट करने लगेंगे कि आप कितने

भाग्यशाली हैं! और···आप जिस उच्च स्पंदन का सृजन कर रहे हैं, आकर्षण का सिद्धांत उस पर प्रतिक्रिया देगा।

यात्रा का आनंद लें।

प्रत्येक दिन आनंद और कृतज्ञता में बिताएँ।

अपने जीवन में ईश्वर की उपस्थिति को स्वीकार करें।

कृतज्ञता से जिए गए जीवन में
होती है शांति, एक निःशब्द आनंद।

—राल्फ एच. ब्लम

आपके लिए यह आसान करने की अपनी इच्छा के चलते हमने एक सुंदर सी कृतज्ञता पुस्तिका बनाई है, जिसका आप इस उद्देश्य से उपयोग कर सकते हैं। इसमें तिथिवार पृष्ठ हैं, जिनमें आप रोज लिख सकते हैं कि आप किस चीज के लिए आभारी रहे और आप अपना साप्ताहिक प्रेरक वाक्य दर्ज कर सकते हैं। इसमें सादे पृष्ठ भी हैं, जिसमें आप कोई निजी स्वीकारोक्ति दर्ज कर यह बता सकते हैं कि आकर्षण का सिद्धांत आपके जीवन में किस तरह काम कर रहा है! आप इस पुस्तिका की अपनी प्रति मँगवाने के लिए डब्ल्यूडब्ल्यूडब्ल्यू. ड्रीमबिगकलेक्शन.कॉम पर जाकर ऑर्डर दे सकते हैं।

□

13

प्रार्थना और ध्यान

प्रार्थना और ध्यान हमारे माध्यम हैं
ईश्वर से, हमारी अपनी आत्मा से संपर्क साधने के।

प्रत्येक दिन भाग-दौड़ और शोर-शराबे से दूर कहीं जाने के लिए कुछ समय निकालें। इस शांत व निस्तब्ध स्थल पर कुछ समय बिताना शुद्धता और आंतरिक शांति से आपकी वचनबद्धता है। हमें यह याद रखने के लिए इस समय की जरूरत है कि हम वास्तव में कौन हैं, क्या महत्त्वपूर्ण है और हमारी वास्तविक सच्चाई की स्थिति क्या है? अब समय आ गया है कि हम अपने प्राणों को धीर, स्थिर और अपनी आत्मा को शांत रखने की दिशा में कदम उठाएँ। इससे हमारे जीवन में संतुलन बहाल होगा और हम स्रोत से पुनः जुड़ पाएँगे।

प्रार्थना, ध्यान और चिंतन-मनन से हम सबसे अच्छी तरह अपने अंदर की आवाज सुन पाते हैं। यह समय है रुकने का और न केवल ईश्वर से जुड़ने का, बल्कि अपने आप से और अपने रचनात्मक अवचेतन मन से जुड़ने का समय है। यह समय, जो हम अपने साथ गुजारते हैं, यह हमें शारीरिक, भावनात्मक और आध्यात्मिक रूप से बहुत विकसित करता है।

कुछ लोग कहते हैं कि प्रार्थना के माध्यम से हम भगवान् से बात करते हैं और ध्यान के जरिए हम उसे सुनते हैं। शांतिपूर्वक चिंतन-मनन करके हम अपने अंदर झाँक पाते हैं और अपने अंदर की गहराई में बसी सच्चाई व बुद्धिमत्ता से अपने को फिर से जोड़ पाते हैं। प्रार्थना, ध्यान

और चिंतन-मनन—इन सभी माध्यमों से हम अपने दिल व दिमाग के दरवाजे खोल रहे हैं और अपने आप को दैवी निर्देशन एवं प्रेरणा पाने के लिए तैयार कर रहे हैं।

लगातार प्रार्थना का महत्त्व यह नहीं कि वह हमें सुनेगा; बल्कि हम उसे सुन पाएँगे।

—विलियम मैकगिल

अगर आपने पहले कभी ध्यान नहीं लगाया है तो यहाँ एक सरल सा तरीका आपको बताया जा रहा है, जिसका उपयोग आप शुरुआत करने के लिए कर पाएँगे।

एक शांत व आरामदायक स्थान ढूँढ़ें और वहाँ किसी किनारे पर कम-से-कम दस-पंद्रह मिनट तक बिना किसी व्यवधान के बैठे रहें। अपनी पीठ बिल्कुल सीधी रखकर बैठें; लेकिन खिंचाव नहीं होना चाहिए। लंबी साँस लें और आराम से बैठें तथा अतीत या भविष्य के अपने सभी विचारों को दरकिनार करने की भरपूर कोशिश करें। अपना पूरा ध्यान सिर्फ वर्तमान पर केंद्रित करें।

साँस लेने और छोड़ने के दौरान आपका शरीर साँस के साथ जो हवा ले रहा है और छोड़ रहा है, उस हवा की गति पर ध्यान देकर अपनी साँस के प्रति सजग हों। अनुभव कीजिए कि जब आप साँस ले रहे हैं और छोड़ रहे हैं, तब आपका पेट धीरे से ऊपर-नीचे हो रहा है। जब आप साँस अंदर ले रहे हैं और जब बाहर छोड़ रहे हैं, तब हवा की ठंडक और गरमाहट को महसूस कीजिए। ध्यान दीजिए कि कैसे प्रत्येक साँस दूसरी साँस से अलग है।

आपके मन में जो विचार आ-जा रहे हैं, उन पर ध्यान दीजिए। जब आपके मन में विचार आते हैं तो उनकी उपेक्षा न करें या उनको दबाएँ नहीं—बस, उन पर नजर डालें और उन्हें गुजर जाने दें और हमेशा अपना ध्यान वापस अपनी साँस लेने की क्रिया पर केंद्रित कर लें।

अगर आप देखते हैं कि आप अपने विचारों में बहे जा रहे हैं तो सिर्फ यह देखें कि आपका दिमाग कहाँ पहुँच गया और बिना कोई निष्कर्ष निकाले एक बार फिर अपनी साँस लेने की प्रक्रिया पर लौट आएँ। अपनी साँसों को आपके विचारों के लिए लंगर की तरह काम करने दें।

जब समय पूरा होने वाला हो, तब शांति से बैठ जाएँ और धीरे से अपने विचारों व चेतना को अपने आसपास केंद्रित कर लें। धीरे से उठें और एक-दो मिनट अपने हाथ-पैर सीधे करें। अब आप बिल्कुल शांत और तरो-ताजा होकर अपनी दैनिक दिनचर्या में वापस लौट जाने के लिए तैयार हैं।

अगर हम एकाग्रता की दिव्य कला को जानते हैं,
अगर हम ध्यान की दिव्य कला को जानते हैं,
अगर हम चिंतन की दिव्य कला को जानते हैं,
आसानी से और सचेत होकर हम जोड़ सकते हैं
अंदर की दुनिया और बाहर की दुनिया को।

—श्री चिन्मय

ध्यान करने के बहुत से तरीके होते हैं; लेकिन आमतौर पर चुपचाप शांति से बैठकर और अपनी साँस या किसी तरह के मंत्र पर ध्यान केंद्रित करके लोग ध्यान करते हैं। अगर आपने अभी-अभी ध्यान करना शुरू

किया है तो शुरुआत में इधर-उधर के विचार आपके मन में आएँगे और आपका मन भटकने लगेगा। याद रहे कि जब ऐसा हो तो अपने साथ कड़ाई न करें। यह तो ध्यान करना सीखने का एक हिस्सा है।

मैं इस रूपक का इस्तेमाल करना पसंद करूँगा कि यह नदी के किनारे खड़े होकर नाव को बह जाते देखने के समान है। जब-तब आप देखेंगे कि आप किसी नाव पर सवार हो गए हैं और नाव नदी के बहाव के साथ बहती चली जा रही है। कोई बात नहीं। ऐसे में बस, नाव से बाहर आ जाइए और वापस नदी किनारे खड़े हो जाइए और फिर से नावों (अपने विचारों) को देखना शुरू कर दीजिए। इस बारे में चिंता मत कीजिए कि आप सही हैं या नहीं? समय और अभ्यास के साथ अपना ध्यान एक जगह केंद्रित रहने की आपकी क्षमता बढ़ेगी।

ध्यान का नियमित अभ्यास करने से आपके मन का भटकाव दूर होगा, आपके विचार स्वच्छ होंगे और अध्यात्म से आपका जुड़ाव बढ़ेगा। यह हमारे प्राणों में नई जान फूँकेगा, हमारे शरीर को आराम देगा और हमारी आत्मा को शांति प्रदान करेगा। ध्यान गहन चिंतन एवं अपने अंदर झाँकने का एक तरीका है और यह दैवी निर्देशन पाने के लिए अपने विचारों को एकाग्र करने के बेहतरीन तरीकों में से एक है। ध्यान के जरिए आप अपने सूक्ष्म अंतर्ज्ञानी आवेगों, अंतर्दृष्टि, विचारों, भावनाओं और प्रेरणाओं के बारे में अधिक सचेत हो सकेंगे।

ध्यान है विघटन विचारों का
शाश्वत जागरूकता में या है
निर्मल चेतना—बिना किसी ठोस कारण के,
जानना बिना चिंतन के, है विलयन
सीमा का असीम में।

—वॉल्टेयर

हर दिन चिंतन-मनन, प्रार्थना और ध्यान में कुछ समय बिताइए।

शुरुआत करने के लिए आप एक साधारण सी प्रार्थना का उपयोग कर सकते हैं—

'हमारे जीवन में परिवर्तन लाने की चाह में,

हम मार्गदर्शन और स्पष्टता के लिए प्रार्थना करते हैं।

हम प्रार्थना करते हैं कि हमें अपने जीवन का उद्देश्य, जीवन का मिशन मिले।

हम दिव्य प्रेरणा की प्रार्थना करते हैं।

हम सेवा करने लायक बनना चाहते हैं।

कोई भी पुरानी नकारात्मक या संकीर्ण सोच को खत्म करने के लिए हम आपसे सहायता की प्रार्थना करते हैं।

हम प्रार्थना करते हैं कि हमारे विचार और कार्य सभी लोगों के व्यापक हित में हों।

हम प्रार्थना करते हैं कि चमत्कार न केवल हमारे जीवन में हों, बल्कि

औरों के जीवन में भी हों।

हम आभारी हैं।

हम शांति के लिए प्रार्थना करते हैं।

हम सद्भाव के लिए प्रार्थना करते हैं।

हम विश्व में बदलाव की प्रार्थना करते हैं।'

प्रार्थना और ध्यान के माध्यम से आप अपने आपसे जुड़ते हैं। ये आपको अपने दिमाग से चिंता और नकारात्मक सोच निकाल बाहर करने में मदद करते हैं और वह जगह आनंद, कल्याण एवं प्रेम की भावना से भर जाती है। प्रार्थना और ध्यान बदलाव की प्रक्रियाएँ हैं, जो आपको पूरी तरह बदल देंगे। वे वस्तुत: आपके दिमाग की तरंगों का स्वरूप बदल देंगे, जिसमें आपके अंदर अच्छी भावनाएँ बढ़ेंगी और आपको आनंद की अनुभूति होगी। इसके अलावा, इन सकारात्मक भावनाओं की स्पंदन आवृत्ति बिल्कुल उसके अनुरूप है, जो आप अपने जीवन में आकर्षित करना चाहते हैं।

प्रार्थना, चिंतन-मनन और ध्यान के माध्यम से आप अपने को एक उच्च शक्ति से जोड़ रहे हैं और अपने को ब्रह्मांड की असीम क्षमता एवं अनंत ज्ञान के लिए प्रस्तुत कर रहे हैं। आध्यात्मिक विकास और विस्तार के प्रति आपका समर्पण व प्रतिबद्धता आपकी चेतना में बदलाव लाएगी और आपके अंदर चमत्कार, परिस्थितियों, संभावनाओं तथा सामयिकता, जो पहले से ही आपके जीवन में है, को लेकर व्यापक जागरूकता पैदा करेगा। प्रार्थना के माध्यम से आप ईश्वर की उपस्थिति को स्वीकार कर रहे हैं। आप मान रहे हैं कि एक उच्च शक्ति आपके जीवन में सक्रिय है।

प्रार्थना, चिंतन-मनन एवं ध्यान आपके जीवन में आवश्यक और शक्तिशाली माध्यम हैं।

उनका उपयोग करने का प्रण करें।

वे उपलब्ध हैं।

अगर आप विश्वास करते हैं तो आपको मिलेगा,
जो कुछ आप अपनी प्रार्थना में चाहेंगे।

—मैथ्यू 21:22

□

14

कार्य

कार्य कीजिए

अपने मन और मस्तिष्क के द्वार खोलिए। हमने आपको जो माध्यम या तरीके बताए हैं, उनका प्रतिदिन उपयोग करने का वादा अपने आप से कीजिए और उस अद्‌भुत समकालिकता के प्रति अधिक जागरूक होने की कोशिश कीजिए, जो पहले से ही आपके जीवन में मौजूद है। किसी भी नकारात्मक विचार या भावना को निकाल बाहर कीजिए। किसी भी संदेह को झटककर किनारे कीजिए और उसके बाद प्रत्येक दिन कदम उठाइए, जो आपको आपके उद्‌देश्य और आपके सपनों को साकार करने की दिशा में ले जाएँगे।

आप दो तरह के कार्य कर सकते हैं—

प्रत्यक्ष कार्य

हम सभी प्रत्यक्ष कार्यों से परिचित हैं। प्रत्यक्ष कार्यों के कुछ उदाहरण हैं—अगर आप कोई नई कार चाहते हैं तो आप जितनी भी कारों में रुचि रखते हैं, उनकी टेस्ट ड्राइव के लिए जाइए। आप जिस तरह की और जो मॉडल चाहते हैं, उसे पसंद कीजिए और कार के खाते में अपनी आय का 10 प्रतिशत बचाइए। अगर आप डॉक्टर बनना चाहते हैं तो प्रत्यक्ष कार्य होगा कि आप मेडिकल कॉलेजों में प्रवेश के लिए आवेदन

देंगे, प्री–मेडिकल की पढ़ाई करेंगे आदि। प्रत्यक्ष कार्य तर्कसंगत होते हैं और कुछ हद तक उनके बारे में अनुमान भी लगाया जा सकता है, जो आपके चेतन मन से निर्देशित होते हैं।

प्रेरित कार्य

प्रेरित कार्यों की प्राय: कोई स्पष्ट रूपरेखा नहीं होती और अधिकतर उनका आपके अंतिम लक्ष्यों से कोई संबंध नजर नहीं आता। एक बार जब आप अपनी परिकल्पना पुस्तक, दृढ़ निश्चय, परिकल्पना, दैनिक कृतज्ञता पुस्तिका, ध्यान और प्रार्थना का प्रयोग कर अपनी उच्च चेतना से जुड़ जाएँगे, फिर ब्रह्मांड आपके पास उन विचारों, व्यक्तियों, अवसरों, धन और अन्य स्रोतों को भेजकर प्रतिक्रिया देना शुरू कर देगा, जिनकी आपको अपनी आकांक्षाओं की पूर्ति के लिए और सपनों को साकार करने के लिए जरूरत है।

आप देखेंगे कि आपके पास प्रेरणा से भरे विचार हैं, अंदर से पैदा हुई उमंग है और अपने सपनों से आपको प्रेरणा मिली है। आपको उन पर काम जरूर करना चाहिए। आपकी उत्सुकता और रुचि आपका मार्गदर्शन करें। यह प्रेरित कार्य है। यह कार्य अपनी इंद्रियों पर विश्वास करने, अपने अनुमानों पर ध्यान देने और अपनी अंतरात्मा की आवाज सुनने की आपकी इच्छा से प्रेरित है। प्रेरित कार्य आपके विश्वास और सकारात्मक आशाओं का वास्तविक प्रदर्शन है। इस तरह के कार्य आपके अवचेतन मन से उपजे हुए होते हैं और यह आपकी जागरूकता तथा अपने आसपास की संभावनाओं पर खुले दिमाग से नजर डालने की आपकी आदत से प्रेरित होते हैं। ये आपके विश्वास और आपके संपर्क को प्रदर्शित करते हैं। प्रेरित कार्यों में आगे बढ़ने के लिए विश्वास की जरूरत होती है, क्योंकि प्रत्यक्ष कार्य की तुलना में ऐसे कार्यों से हम बहुत कम परिचित होते हैं।

सपने वास्तविक कार्यों में बदलते हैं,
इन कार्यों से फिर जन्म लेते हैं सपने;
और यह परस्पर निर्भरता बनाती है
जीवन जीने का उच्चतम स्वरूप।
—एनाइस निन

आपके अंतर्ज्ञान से मिलनेवाले संकेत प्राय: बहुत सूक्ष्म होते हैं और उनका आपके सपनों को साकार करने से कोई सीधा संबंध नहीं भी नजर आ सकता है; लेकिन अगर आप उनका पालन करेंगे तो आपका जीवन बहुत चमत्कारिक हो जाएगा। आपकी इच्छाओं के अनुरूप आप जल्दी ही बदलाव, विकास और संतुष्टि के खूबसूरत मार्ग पर आगे बढ़ जाएँगे। यह मार्ग उस मार्ग से काफी अलग दिखाई पड़ सकता है, जिसकी आपने वास्तव में कल्पना की थी। अपनी अंतरात्मा पर विश्वास करना सीखें, प्रक्रिया पर विश्वास करना सीखें, ईश्वर और ब्रह्मांड पर विश्वास करना सीखें। आप एक उच्च शक्ति के साथ मिलकर रचना कर रहे हैं, जो आपसे अधिक जानती है और आपसे कहीं अधिक देख सकती है।

केवल प्रत्यक्ष तार्किक कार्यों को ही करने को तैयार न रहें, जो आपको अपने सपनों और आकांक्षाओं को पूरा करने की दिशा में ले जाएँगे, बल्कि कम प्रत्यक्ष कार्यों को भी करें। यह जानते हुए कि ब्रह्मांड आपको आपके प्रयासों में पूरा समर्थन देगा, विश्वास रखें और विश्वास व दृढ़ता के साथ आगे बढ़ने को इच्छुक रहें। कोई भी कार्य करना आपके विश्वास और आपकी आस्था का तार्किक विस्तार है। अगर आपको यह विश्वास नहीं होता कि कुछ संभव है तो आप कोई कदम ही नहीं उठाते।

मूल अंतर यह है कि प्रत्यक्ष कार्य पूरी तरह आप पर निर्भर है, सिर्फ आप पर; जबकि प्रेरित कार्य में आप अपने अवचेतन मन की शक्ति

का प्रयोग करते हुए ईश्वर और ब्रह्मांड पर विश्वास रखकर उनके साथ मिलकर रचना करते हैं। दोनों का मिश्रण आदर्श है। इसे ईश्वर को सौंप दीजिए और काम करने को इच्छुक रहें।

विचार हैं पुष्प
भाषा है कली
कार्य हैं फल इनका।
—रॉल्फ वाल्डो एमर्सन

याद रखें, आकर्षण के सिद्धांत के जरिए ब्रह्मांड आपको वह सब उपलब्ध कराएगा, जिसकी आपको अपने लक्ष्य तक पहुँचने के लिए जरूरत है। आप अपने जीवन में आवश्यक संसाधनों, विचारों और लोगों को आकर्षित करेंगे। यह आप पर है कि आप उनको पहचान लें और यह भी आप पर ही निर्भर है कि आप इन प्रेरणादायक सोच व विचारों को अपनाएँ।

आप जो कुछ चाहते हैं, वह वहाँ प्रतीक्षा कर रहा है कि आप उसके लिए कहें।

आप जो कुछ चाहते हैं, वह भी आपको चाहता है; लेकिन उसे पाने के लिए

आपको कदम उठाने होंगे।

पूरा ब्रह्मांड आपकी सफलता चाहता है।
उम्मीद करें कि आपकी हर जरूरत पूरी होगी।
उम्मीद करें कि हर समस्या का निदान होगा।
उम्मीद करें कि हर स्तर पर प्रचुरता होगी।
—एइलीन कैंडी

अपने जीवन में सौंदर्य और संपन्नता, जो कि आपके लिए है, के लिए जगह बनाना शुरू करें। याद करें कि आप कितने शक्तिशाली हैं! केवल सपने देखना और चाहत रखना ही पर्याप्त नहीं है; आपके मन में अपने जीवन के सपनों को पूरा करने के लिए आंतरिक और बाह्य—दोनों स्तरों पर कदम उठाने की इच्छा होनी चाहिए। आपको इतना अनुशासित होना चाहिए कि आप अपने रोज के धार्मिक अनुष्ठानों का पालन करें, जो आपको आपके आकांक्षित भविष्य के अनुरूप सकारात्मक स्पंदन की स्थिति में रखेंगे।

इसलिए, प्रत्येक दिन ये कदम उठाने का प्रण करें।

इन अनुष्ठानों को अपनी रोज की दिनचर्या में शामिल करें—

दैनिक अनुष्ठान

1. हर दिन की शुरुआत में कम-से-कम पाँच मिनट अपनी इच्छाओं, लक्ष्यों और इरादों पर ध्यान केंद्रित करें। आरामदेह स्थिति में आएँ। आँखें बंद करें और कल्पना करें कि आपके सभी लक्ष्यों व आकांक्षाओं की पूर्ति हो गई है। उनके पूरा होने पर आनेवाली भावनाओं का वास्तव में अनुभव करें। अपना दिन उसी तरह गुजरते देखिए, जैसा आप चाहते हैं।

2. अपने माध्यम और तरीकों का हर दिन उपयोग करें। आपकी परिकल्पना पुस्तक, कृतज्ञता पुस्तिका, कृतज्ञता टोकन एवं दृढ़ता आपको ठोस बाह्य प्रेरणा देंगे और निश्चित रूप से आपकी ऊर्जा का क्षेत्र बदल देंगे। इनका रोज उपयोग करने का वादा करें और इन्हें अपने जीवन में लागू करें।

3. इस बात पर ध्यान देना शुरू कर दें कि हर दिन कितनी बार आपके अंदर ऐसी भावनात्मक प्रतिक्रियाएँ होती हैं, जो आपके उद्देश्यों और आप जिस तरह का जीवन चाहते हैं, उसके अनुरूप नहीं है! जब भी आप इसके प्रति सचेत हों, तुरंत बदलाव कीजिए। आप अपने जीवन में जो कुछ चाहते हैं, अपने विचारों और भावनाओं को उस स्पंदन के अनुरूप बनाएँ। उन बातों पर ध्यान दें, जो आपको आनंद देती हैं और अपनी उम्मीदों को सकारात्मक बनाए रखें।
4. अपने जीवन के हर क्षेत्र में कृतज्ञता और प्रशंसा के महत्त्व को याद रखें। प्रत्येक दिन ईश्वर और अपने आप से जुड़ने के लिए कुछ समय निकालें।
5. रोजाना अपने उद्देश्यों, लक्ष्यों और आकांक्षाओं के अनुसार काम करें। जागरूक और सचेत रहें। अपने प्रेरणादायक विचारों पर काम करें। अपनी भावनाओं और अंतर्ज्ञान पर विश्वास करें। ध्यान दें और आपको जो प्रतिक्रिया मिल रही है, उसका जवाब दें। अपने सपनों की तरफ हर रोज कदम बढ़ाएँ।
6. इस बात को स्वीकार करें कि आकर्षण का सिद्धांत आपके जीवन में काम कर रहा है। इसके प्रभाव के हर साक्ष्य को स्वीकार करें और आभार व्यक्त करें। आप जितना इस बात को स्वीकार करेंगे कि यह काम कर रहा है, यह उतना ही अधिक काम करेगा। यह बिल्कुल सामान्य बात है।

देखिए कि आपकी ऊर्जा कहाँ जाना चाहती है,
वहाँ नहीं जहाँ आप सोचते हैं कि इसे जाना चाहिए।
कुछ कीजिए, इसलिए क्योंकि वह सही लगता है,
इसलिए नहीं कि उसका कोई अर्थ होता है।
आध्यात्मिक आवेशों की बात मानिए।

—मैरी हेज ग्रिएको

आपने अपने भविष्य के लिए जो सपने और कल्पनाएँ सँजो रखी हैं, उन्हें अपनी क्षमता भर पकड़कर रखें। अपने सभी कार्य अपने उच्च उद्देश्यों के अनुरूप करें और हमेशा सही उद्देश्य रखें। आप अपने जीवन में अद्‌भुत और सुंदर चीजों को आकर्षित करेंगे। इसलिए निडर बनें, आनंद लें और कुछ खतरे उठाने को तैयार रहें। दैवी शक्ति की ओर देखें और आप पाएँगे कि आपको हर तरह से सहयोग मिल रहा है।

अपने सपनों और इच्छाओं की पूर्ति की दिशा में विश्वास के साथ आगे बढ़ें। यह विश्वास करें कि वे न केवल संभव हैं, बल्कि पूरे होने की तरफ हैं।

अगर आप में साहस है शुरू करने का
तो आप में साहस है
सफल होने का।
—डेविड विस्कॉट

□

15

विश्वास

विश्वास

आपको जो माध्यम और तरीके हमने बताए हैं; वे आधार तैयार करेंगे; लेकिन बीज आपको ही बोने होंगे और ऐसा वातावरण बनाना होगा, जो उनकी वृद्धि और फैलाव का मार्ग प्रशस्त कर सके। आपने जब ब्रह्मांड को आदेश दे दिया है तो आपको अब विश्वास रखना चाहिए। लचीले बनिए, विश्वास कीजिए कि यह पहले से ही ऐसा है और उसे भगवान् को सौंप दीजिए। आप अपने सपनों को पूरा करने का सही मार्ग भले ही न जानते हों, लेकिन वह मार्ग स्वतः ही आपके सामने आता जाएगा। बस, आप काम करने को तैयार रहें। एक बार आप अपने सपनों को साकार करने की ठान लें, बाकी सब काम आकर्षण का सिद्धांत करेगा। उन लोगों, परिस्थितियों और आपके सपनों को साकार करने के लिए जो कुछ भी जरूरी है, वह सब आपके पास आ जाएगा।

आपको लाना चाहिए वह परिवर्तन,
जो आप दुनिया में देखना चाहते हैं।

—महात्मा गांधी

हमें उम्मीद है कि आप अपने लिए एक बेहतर जिंदगी और हम सब के लिए एक बेहतर विश्व बनाने का वादा अपने आप से करेंगे।

इसके लिए संभावनाओं की कल्पना कीजिए। कल्पना कीजिए कि यह दुनिया कितनी अद्‌भुत हो जाएगी, जब हम सभी जागरूक हो जाएँगे और सकारात्मक रुख को अपना लेंगे। हम पूरे विश्व की ऊर्जा में परिवर्तन कर सकते हैं। अपनी जागरूकता, उदारता, प्रतिबद्धता और दृढ़ता के सहारे हम सच्चे अर्थों में विश्व के प्राकृतिक नियमों के अनुसार रह सकते हैं और प्रकृति से संतुलन कायम कर सकते हैं। हम प्रेम, खुशी, सद्‌भाव और शांति से परिपूर्ण विश्व का निर्माण कर सकते हैं।

अपनी छोटी-छोटी महत्त्वाकांक्षाओं को त्यागो,
आओ और इस दुनिया को बचाओ।
—सेंट फ्रांसिस जेवियर कैब्रिनी

हम लंबे समय से बेखबर हैं। हमें इस बात की जानकारी ही नहीं है कि हम कितने ताकतवर हैं! अब समय आ गया है कि हम अपनी ताकत का सही उपयोग करें। अब समय आ गया है कि हम अपने जीवन की स्थिति और इस विश्व की स्थिति के लिए पूरी तरह जवाबदेह बनें। अब समय है उस आनंद और समृद्धि पर दावेदारी का, जो वास्तव में हमारे लिए ही है।

आकर्षण का सिद्धांत हमेशा सक्रिय रहता है।
आप शुरू कर चुके हैं।
भविष्य आपका है।

इसे देखो, इसे महसूस करो, इस पर विश्वास करो।

बस, पहला कदम विश्वास के साथ उठाओ।
आपको पूरी सीढ़ियाँ देखने की जरूरत नहीं।
बस, पहला कदम उठाओ।
—मार्टिन लूथर किंग जूनियर

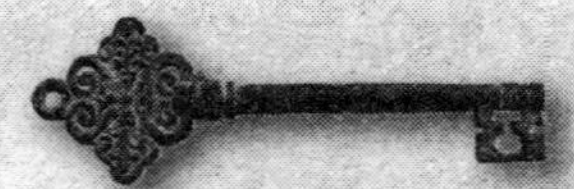

आकर्षण के सिद्धांत को पूरी तरह जीने और अपने सपनों के अनुरूप जीवन बनाने के लिए—

- अपने दृढ़ वचनों का रोज उपयोग करें।
- अपनी कृतज्ञता पुस्तिका का प्रतिदिन उपयोग करें।
- अपनी परिकल्पना पुस्तक का प्रतिदिन उपयोग करें।
- प्रतिदिन प्रार्थना और ध्यान करें।
- अपने उद्देश्य के प्रति ईमानदार रहें।
- अपने सपनों पर विश्वास करें।
- सकारात्मकता पर ध्यान केंद्रित रखें।
- हमेशा आभारी रहें।
- जैसा जीवन आप चाहते हैं, उसकी कल्पना करें।
- जीवन के प्रति उत्साही रहें।
- उदार बनें।
- खुश रहें।
- जो काम करने से आपको अच्छा लगे, वह करें।
- हर परिस्थिति में सर्वश्रेष्ठ ढूँढ़ने की कोशिश करें।
- अपनी अंतरात्मा की आवाज सुनें।
- आंतरिक और बाह्य प्रतिक्रियाओं का जवाब दें।
- अपने प्रेरक विचारों पर आगे बढ़ें।
- अपने चारों ओर के चमत्कारों के प्रति सजग रहें।
- खतरे उठाने को तैयार रहें।
- विश्वास के साथ आगे बढ़ें।
- जो परिवर्तन आप देखते व महसूस करते हैं, उन्हें स्वीकार करें।
- आकर्षण के सिद्धांत को याद रखें।
- विश्वास करें।
- इसे ईश्वर, स्रोत और ब्रह्मांड पर छोड़ दें।

यह आकर्षण के सिद्धांत के उपयोग की कुंजी है।
यह आपके भविष्य की कुंजी है।

□□□